極・婬

CROSS NOVELS

日向唯稀
NOVEL: Yuki Hyuga

藤井咲耶
ILLUST: Sakuya Fujii

CROSS NOVELS

極・婬

GOKUIN

登場人物

荒屋敷《あらやしき》凱克《よしかつ》

世界的規模の闇金屋・ブラックバンクの幹部。過去に仲間に裏切られて負った火傷により、独眼となる。穏やかに見えても、まったく隙のない男。松坂の頼みで、李家の内情や魔性の媚薬・デッドゾーンのルートを探っている。

【関連作】『艶帝－キングオブマネーの憂鬱－』

朱《シュ》 桃李《タオリィー》

日本人と台湾人のハーフで、日本語読みは「トウリ」。輝くような至極の容姿をしている。両親の代から李家に仕え、普段は乳兄弟として育った景虎の側近をしている。また、李家の経営するカジノの花形ディーラーでもある。

李 景虎

リ ヤンホウ

台湾マフィアのトップに立つ李家の当主。かつては、表舞台に立つ飛龍に代わり裏で暗躍していた。

【関連作】『極・嬢』

李 飛龍

リ フェイロン

李家の元当主で、景虎の兄。景虎が起こしたクーデターにより、当主の座を追われ幽閉されている。

【関連作】『極・嬢』

劉 翔英

リュウ シャンユウ

香港マフィアの若き龍頭《ボス》。マフィアらしからぬ、インテリジェンスな風貌と品格を兼ね備えている。

鬼塚賢吾

おにづか けんご

磐田会磐田組三代目総長。厳しい面もあるが、基本は情に厚い男。俵藤には言い尽くせない恩がある。

【関連作】『極・嫁』『極・妻』『極・嬢』

松坂

まつざか

磐田会元総代・俵藤の片腕的存在。俵藤と共に台北に潜入中。荒屋敷とは、支店長時代からの知り合い。

【関連作】『極・嬢』

CONTENTS

CROSS NOVELS

CONTENTS

極・婬

GOKUIN

CROSS NOVELS

プロローグ

十一月も終わろうという、肌寒い午後のことだった。

「ふざけるなっ、テメェらに嬲《なぶ》られる命《タマ》なんざ持ち合わせちゃいねぇ！」

極度な緊張の中、それは瞬く間の、ほんの一瞬のうちに起こった悲劇だった。

「俺と李《リ》のことは気にするな、鬼塚《おにづか》‼　そんな奴らは、殺《や》っちまえ‼」

黒々とした黒曜石を携えた美しい双眸が大きく開かれたとき、二発の銃声が続けざまに鳴り響いた。

マフィアに囚われの身となっていた関東連合磐田会《かんとうれんごういわたかい》の大幹部・俵藤寿士《ひょうどうひさし》が、自らの胸に銃弾を撃ち込み、その顔に笑みさえ浮かべて息絶えて逝《い》ったのだ。

「──俵藤さんっ！」

桃李《タオリィー》は無我夢中で、身を崩す俵藤目がけて走った。

「退け、退くんだ！」

背後からは桃李を援護する側近たちが乱射するも、俵藤を自決に追いやったマフィアたちは、桃李たちが乱入してきたと知るや否や、即座にその場から撤収した。

『どうして？　なぜ？』

力尽きて崩れる身体を支えようと、桃李が手を伸ばす。

『景虎《ヤンホウ》ばかりか、俵藤までこんなことに⁉』

抱き抱えた瞬間、俵藤の胸から血が噴き出し、桃李の視界が真っ赤に染まった。

その白い頬も、艶やかな黒い髪も。

彼を抱いた両手や胸、そして足元にさえも。

桃李は目の前で死んで逝った俵藤の血を浴びて、全身を赤く染めていく。

鉛のような臭いが鼻孔をついて、本能さえも狂わせる。

「ここか――――っ、俵藤さん‼」

すると、銃声を聞きつけた漢《おとこ》たちが更に駆け込んできた。

『松坂《まつざか》さん…っ』

真っ赤に染まった視界と俵藤の遺体が、そして俵藤を慕い駆け込んできた漢たちの姿が、桃李に一つの現実を思い起こさせ、また悔いても悔やみきれない後悔を覚えさせる。

「俵藤さ…、桃李《とうり》⁉」

『凱克《よしかつ》…っ』

桃李は、初めからわかっていたはずだった。

この男に惹《ひ》かれてはいけないと。

「まさか…、桃李?」

桃李は、初めからわかっていたはずだった。

どんなに強く惹かれても、この男だけは好きになってはいけない。

決して心から愛してはいけないし、愛されるなんてもってのほか。

絶対にあってはいけないのだと。

「いけない。一度引き上げましょう、桃李様」

「王《ワン》っ」

それなのに、どうしてこんなにも惹かれてしまったのだろう？

「待て、桃李！　お前が殺ったのか？　まさか…、俵藤さんを。よりにもよって俵藤さんをお前が殺ったのか！」

いつの間にか好きになり、心から愛してしまい、
それなのに、こんなにも深く傷つけて…。

その心を、聡明で実直で慈愛に満ちた魂をいたぶって。

「嘘だよな⁉　そんなはずないよな？」

どんなに愛したところで、いずれこの男からは憎まれる。

きっと愛した以上に憎まれて、愛された以上に恨まれる。

それが運命――それが自分で選んだ修羅の道。

「許さないぞ、桃李。お前が俵藤さんを殺ったというなら、俺は死んでもお前を許さないぞ！」

全部わかっていたはずなのに、結局桃李に残ったものは後悔ばかりだった。

涙さえ零《こぼ》せずに浮かび上がった、絶望に塗《まみ》れた雄麗なまでの微笑だけだった。

「違うと言えっ。頼むから、私じゃないと言えっ…、桃李‼」

桃李は、初めからわかっていたはずだった。

この男に惹かれてはいけないと。

「言わなければ、俺はお前を許さない。たとえ地獄の果てまで追いかけても、お前だけは俺が殺る。俺がこの手で殺るぞ、桃李っっっ！」

桃李は、初めからわかっていたはずだった。

どんなに強く惹かれても、この男は敵対するしかない相手だと。

『凱克…っ。凱克――凱克っ！』

桃李をどこまでも憎み、そして恨み、一生許すことがないと運命《さだめ》られた人。

世界でたった一人の、男なのだと――。

1

運命の瞬間から遡《さかのぼ》ること八ヶ月前――――。

匂い立つ大輪の花のような出で立ちに麗しい美貌、そして艶《あで》やかな眼差し。日本《にほん》人の母と台湾人の父の間に、至極の容姿を持って生まれた青年・朱桃李《シュタオリィー》が、今やラスベガスを凌《しの》ぐカジノリゾートとなったマカオへやってきたのは、咲き誇る李の花が舞い散る春夜のことだった。

「それではお部屋まで、ご案内させていただきます。ただ、お連れ様に関しては認証が取れておりませんので、ロビーのほうでお待ちいただいてよろしいでしょうか。これはお客様の安全を第一に考えた上で設けられた規則になっておりますので、ご迷惑をおかけするとは思いますが、どうぞご了承ください」

このとき桃李は、まだ知るよしもなかった。

今宵以上に自身を狂わせる、そんな運命の日が近い未来に来ることを。

「わかりました。こちらこそ、突然来て無理なお願いをしているのは承知しておりますので…。本当にお手数をおかけします」

「いえ。では、まいりましょうか」

「――――はい」

桃李は宮廷をイメージさせる豪華絢爛なホテルのフロント前から、エレベーターまでの距離をゆっくりと歩き出した。敷き詰められた毛足の長い絨毯《じゆうたん》に吸収されて、足音一つないままアンティークな調度品や生花が飾られたロビーを淡々と進む。

『いよいよ、対面か…』

桃李がここを訪れた目的はただ一つ。現在台湾マフィアのトップに立つ李家と抗戦中の香港マフィアの若き龍頭《ボス》・劉翔英《リユウシャンユウ》と和睦交渉をするためだ。

ただ、このマカオで翔英が別宅の一つとして使用していたのは、客室全五十室ほどの会員制カジノホテル〃ラグジュアリー・マカオ〃。客室のすべてが三百平米以上のスイートルームからなるＶＩＰ専用の宿泊施設で、日夜世界中から高額な掛け金で遊ぶハイローラーの富裕層たちが訪れては、贅の限りを尽くしていく至極特別な場所だった。

そのため、ホテルには最新鋭のセキュリティシステムが完備され、至るところに屈強なガードマンたちが並び、二十四時間・三百六十五日来客の安全を守っていた。

たとえ桃李のように堂々と正門から訪れて、宿泊客に会いに来たと申し立てても、前もって先方からの申告がない限りは、取り次いでもらうまでのチェックが厳しい。

通常でも偽名や成りすましを防ぐために徹底的な本人確認がなされるところで、マフィアの龍頭の使いで来たとなれば誰を訪ねたところで敬遠されるのは否めないが、それでも世界中のどんな国に入国するより難しいのが、この〃ラグジュアリー・マカオ〃だったのだ。

「こちらが劉様のご宿泊されているお部屋になります」

「――――はい」

とはいえ、厳しいは厳しいが、一度許可が取れればその厳格さが利点になることは多かった。ホテル側から許可が下りた段階で、桃李は〝ホテル側が受け入れた人物〟と見なされる。

それは今後、桃李が希望すれば一見《いちげん》お断りのカジノでいつでも遊戯が楽しめる会員になれ、またそこでハイローラーと認定されれば、ＶＩＰ客としての特別待遇が受けられる立場にもなれることを意味していた。

そして、たとえこうした形であっても、いったん受け入れられれば、敷地内においての身の安全はホテル側が確約してくれる。この先翔英との交渉が決裂してこれまで以上にこじれる結果になったとしても、桃李がホテルの敷地内にいる限りは、翔英とてむやみに攻撃することはできない、傷一つつけることは許されなくなるのだ。

それがここを訪れる来客同士を揉《も》めさせないため、ホテル内の治安を死守するために設けられたホテル側のルール。国際指名手配などがかかっていない限りは、たとえマフィアであっても受け入れるための必須条件だ。このルールが守れない者に関しては、いかなる人物であっても会員資格は得られないし、また持っていても失うことになる。

巨額な掛け金でのギャンブルを楽しむ場をなくす以上に、客は気軽に大きな商談ができる場でもある〝ラグジュアリー・マカオ〟という社交場からは、永久追放されてしまう。

だが、こうまではっきり提示されたメリットとデメリットが秤《はかり》にかけられない者は、そもそも会員としても受け入れられないこともあり、オープン以来このルールに従わなかった者は誰一人いない。アラブの石油王や欧米の不動産王、各国の政治家や要人、マフィアであっても、この

〝ラグジュアリー・マカオ〟が設けたルールには従っているということだ。

『客室最上階の一室…。宿泊施設の提供は、そもそもハイローラーに対するホテル側からのサービスだ。いったい一晩にどれだけカジノに落とせば、VIP中のVIPという扱いになるのか。五十万ドルぐらい？　いや…〝ラグジュアリー・マカオ〟クラスとなると、百万ドルはくだらない？　もっとも、このホテルどころか、マカオのカジノタウンそのものをシマに持つ翔英にとっては、なんの必要もないまま部屋を提供されているのかもしれないけど――』

それでもいざ敵陣へ乗り込むとなると、桃李の鼓動は高鳴った。

安全の有無に対しての危機感からではない。自分が担った責任の重さ、交渉の行方《ゆくえ》に対しての緊張からだ。

そうするうちに桃李は、一面に細工された螺鈿《らでん》が圧巻な扉の前まで案内された。フロントマネージャーが入り口でチャイムを鳴らすと、綺羅で重厚な扉が中からそっと開かれる。

「失礼いたします。先ほどご連絡いたしましたお客様をお連れいたしました」

「ご苦労。あとは私が」

「では、わたくしはこれで」

短い会話ののちにフロントマネージャーが退くと、中老と思われる男が目配せをしながら、桃李を部屋の中へと導いた。

『素晴らしい…。なんて緻密で精巧にできた綺羅な空間――』

ホテルそのものは中国建築の粋を極めた様式が目立つが、一歩室内に踏み込むと、そこは西洋の古城を思わせる内装に徹していた。

床や壁には希少価値の高い大理石が惜しげもなく使われ、高い吹き抜けの天井からは眩《まばゆ》いばかりのシャンデリアが下がり、エントランスフロアだけでも圧巻だ。

一瞬とはいえ意識を奪われたためか、かえって緊張が解けたぐらいだ。

「とりあえず、ここで待っていろ。すぐに、お会いになるかどうか確認してくる。間違っても変な真似《まね》はするなよ。お互いのためにならないからな」

「心しております」

桃李は指示されるまま、エントランスフロアから少し奥へ入ったリビングの手前に立たされた。

透かし彫りが施されたガラスのパーティションが置かれているため、直に奥にいる者たちを見ることは叶わない。が、動きや会話だけなら知ることができた。

『あれが、劉翔英だろうか』

リビングの一角には、クラシックタイプのビリヤード台が置かれていた。

象牙の玉がぶつかり合う、心地よい音が響いてくる。

どうやら翔英はビリヤードゲームの途中のようだ。

「ナイスショット！」

計算し尽くされた巧みな撞《つ》きでも披露したのか黒スーツ姿の男、おそらくエスコートだろう者が褒詞の声を上げた。

「とっ、すみません。失礼いたしました」

「別に。普段無口なお前が――――そう思えば嬉しいことだ。なんだか今夜はすべてが上手くいく。願いが叶う。そんな気持ちにもなってくる」

世辞でもなんでもない心からの褒詞だ、嫌な気はしないだろう。翔英と思われるプレイヤーの声が聞こえてくると、桃李の耳には彼の機嫌のよさまで伝わってきた。

恐縮して身体を折り曲げたエスコートに、声を出して笑っている。

「だが。ここから難しい。どこから狙うか…。いっそ、ストレートに攻めてみるか」

翔英はすぐに気を取り直して、ゲームに意識を戻していった。ガラス越しでも、少しだるそうに置いた手をレール上に滑らせ、次のポジションへ移動するのがわかる。

玉の位置をじっくり眺めて、ときおり首を傾げている。たったこれだけのことだが、翔英からは洗練された身のこなしと、マフィアらしからぬ品のよさが窺《うかが》えた。

スラリと伸びた長身に、ほどよくついた筋肉が絶妙なシルエットを浮かび上がらせ、彼を見慣れたはずのエスコートにさえ、ときおり深い溜息をつかせている。

「よし、ここにしよう。これで決まれば、今夜にでも奴を仕留めに――――」

ようやく玉筋が定まったのか、翔英は意味深なことを言うとキューを構えてポジションを取った。

「龍頭！　お楽しみのところ失礼します。ホテル側の審査が終わりました。李家より遣いの者がまいりましたが、すぐにお会いになりますか？」

タイミングを計りそこねたとしか思えない中老に声をかけられ、キューの先が震える。

今にも舌打ちしそうな溜息を漏《も》らして、翔英が身体を起こした。

「李の遣い…。ホテル側の審査だけに、身元に間違いないと思うが、それにしたってなんの話があるというのだ。この期に及んで命乞いか？」

報告が報告だけに、仕方がないかと言わんばかりに聞き返していた。

せっかくの機嫌が、見る間に悪くなっていく。

「おそらくは。今になって、翔英様を敵に回したことを悔いているのかと」

「――――で、来たのは大老の王か？　弟の景虎辺りか？」

「いえ、両者とは別の者です。ただ、これまで何度か龍頭の飛龍や景虎と一緒にいるのを見たことがあります。一度目にしたら忘れることのない男ですし、側近の一人であることは間違いないと思いますが…」

「ほう…。だとしても、この劉翔英と話をするのに、王でもなければ景虎でもない別の者を寄こすとは、どこまで失礼な奴なんだ。舐めてるとしか思えないな」

翔英は、訪問者が桃李だということに納得できなかったのか、憤慨を露《あら》わにしていた。

プイと顔を逸《そ》らすと、再びキューを構えてしまう。

「では、追い返してよろしいですか？」

中老は、そもそも桃李と翔英を会わせる気がなかったのか、むしろ会わせたくなかったのかと思われるような口ぶりだった。

「いや。それならどんな寝言を言いに来たのか、聞いてからでも遅くないだろう。こうなったら、どこまで失礼を重ねるのか、興味があるからな」

「かしこまりました」

翔英が会うと決めると、どこか面倒そうな口ぶりで返事をして、桃李のもとへ戻ってきた。

「間違っても、龍頭を誘惑するような真似はするなよ」

「それはどのような侮辱ですか？」

「――言ってみただけだ」

どうやら中老は、桃李が持ってきただろう話の内容よりも、桃李自身を危惧したようだ。

青年だとわかっていても、釘を刺さずにはいられない。この華美な空間の中にあって尚輝きを放つ桃李の美しさに、中老は普段なら感じない危機感、そして警戒を覚えていたのだ。

「連れてまいりました」

しかし、中老の危惧はあながち外れてはいなかった。

翔英は面倒そうに身を返すも、桃李の姿を目にした瞬間、息を呑んだ。

「――オリエンタルレッド」

思わず口にしたのは、花の名前だった。極上な深紅のパオを着込んで現れた桃李が、翔英には一輪のレッドカサブランカに見えたようだ。

「なるほど、一度目にしたら忘れることのない男。確かにそのようだな、中老」

翔英は瞬時に中老の心情を察したのか、苦笑を浮かべた。

中老が気まずそうな目をした。

「下がっていいぞ」

「はい」

翔英は、その場にいた中老とエスコートを続き部屋へ行かせると、その後は桃李と二人きりになって、話を聞こうという姿勢を見せた。

「ようこそ。私が劉家の当主、劉翔英だ」

改めて挨拶《あいさつ》をしてきた翔英は、白いシャツに黒のベストとスラックスというスマートな出で立ちの男だった。まだ二十代半ば、桃李とそう変わらない年頃だろうが、直に見てもマフィアの龍頭とは思えないインテリジェントな風貌に、確かな品格を兼ね備えている。上級公務員か、ＩＴ企業の社長、青年実業家と言われたほうがしっくりきそうだ。

エリートという言葉がこれほど似合う男を、桃李は生まれて初めて見たように思う。

「お初にお目にかかります。私は李景虎の従者、朱桃李にございます。急なお願いにもかかわらず、お時間をいただきまして、心より御礼申し上げます」

桃李が丁寧《ていねい》に挨拶するも、翔英が気を許した様子は一向になかった。

「李景虎？　よりにもよって飛龍の遣いでもないのか。いったい龍頭でもない弟ごときが、私になんの用だ？」

桃李の一挙一動を見つめる眼差しは鋭く、桃李を遣わしたのが景虎だと知ると、尚更憤慨を露わにする。

「はい。本日、二十二時を持ちまして、李家の当主は李景虎となります。景虎は飛龍とは生き方も考え方も違う男。劉家にとって価値のある、また実りを生む友となりましょう。そのことをいち早くお知らせにまいりました」

だが、桃李の口から用件が発せられると、さすがに翔英も怪訝《けげん》そうな顔をした。

利き手をズボンのポケットに向け、携帯電話を取り出すとその場で時刻を確認する。

「二十二時…？　そろそろだが、それが本当だという証拠は？」

いったい今、この瞬間、李家では何が起こっているというのだろうか？

景虎によるクーデター？　家長に対して、弟が下克上？

翔英がありとあらゆる想像をしているのが、桃李にも伝わってくる。

「事が終わり次第、吉報がまいります。――――、失礼。電話に出てもよろしいでしょうか？」

そうした中、桃李はパオのポケットで静かにバイブレーションを発した携帯電話に手を向けた。

「ああ」

武器の持ち込みは当然ないが、相手の心象を悪くしないために、許可を取ってからポケットに手を入れる。

「はい。私です」

桃李が電話に出ると、翔英はここから交わされる会話の一言一句を聞き逃すまいと、じっと耳を傾けてきた。

その目は真剣そのものだった。どんなに敵だ、意に染まぬどころか何かと邪魔をしてくる目の上の瘤だ。いっそこいつさえ消えてくれればどれほど楽かと願ったかわからない相手とはいえ、こうなると今この瞬間、どうなっているのかが気になるのだろう。

敵であろうがなんであろうが、飛龍は翔英と立場を同じくする一家の龍頭だ。

それも決して名ばかりの龍頭ではない。一族の者からは慕われ、尊敬され、清王朝の時代から続く李家を受け継ぎ、守り抜いてきた実績のある男だ。それは翔英も知っている。

「この瞬間より、李の龍頭は景虎となりました。お疑いでしたら、どなたかにご確認を頼まれてもけっこうですが」

「――――いや。いい。それより飛龍を殺ったのか」

誰もが認める龍頭・飛龍が、これほど呆気ない最後、顚末《てんまつ》を見せたとなれば、翔英とて身の引き締まる思いがしたのだろう。

どれほど優れた龍頭であっても、獅子身中の虫には敵わない。親近者の裏切りは、これほど大きく恐ろしいものなのだと、改めて心に刻み込んだかもしれない。

「いいえ。一部の幹部たちと共に捕らえております。〝飛龍は生きていてこそ、このクーデターが正しいことを証明する〟というのが、景虎の判断です」

「さすがに腹違いとはいえ、血の繋がった兄の命を奪っては、体裁が悪いと言うことか。もしくは弱さと違わぬ情けか」

それでも飛龍が生きていたと知ると、桃李には翔英がホッとしているように感じられた。

その反面、死ぬより屈辱的な立場に追われて、果たして飛龍は生き続けることができるのだろうか。もっとも信頼していただろう身内の裏切りに遭ったのだ。いずれそう遠くない日、己に課せられた運命を呪い、周囲に失望し、自ら命を絶つこともあるのではないかと、思いを巡らせているようにも見えた。

「一族に対して、現実を突きつけるためです。このまま飛龍に従えば、李家はすべての中国系組織を敵にし、滅亡するでしょう。景虎はそのことにいち早く気づき、それだけは回避したいと願いました。だからこそ誠意を持って側近たちを説得し、志を同じくする者たちと共に行動を起こした。いずれ飛龍には己の愚かさを認め、正してもらうことこそが、己が起こした行動の意味を証明するものだと考えたのです」

「苦肉の策にしか聞こえないがな」

いずれにしても翔英は、桃李の言葉を信じ、李家の龍頭が代替わりしたことを受け入れた。

「どう解釈されるかは、お任せいたします。いずれにしても今宵から李家は変わります。景虎は劉家と良縁になり、また志を共にすることを望んでおります。が、それとは別にこちらはこれまで飛龍がお手間とご迷惑をおかけしてきたお詫びです。少しばかりでお恥ずかしいですが、景虎からの気持ちですので、どうかお納めください」

桃李は再びパオのポケットに手をやると、一枚の小切手を取り出した。使者としての本当の役割は、むしろこれからだ。

「そこまで歩み寄る姿勢を見せながら、なぜ景虎自身が願いに来ない。これまでのこと、今後のこと、いずれにしても筋が通っているとは思わないが」

翔英は、桃李から出されたこれまでの諍《いさか》いの示談金、日本円で一億と記された額面の小切手を受け取るも、これでは納得できないと言った。

桃李と翔英では立場も違えば、格も違う。話にならないと言わんばかりだ。

「お間違いくださいませんように。いずれの者が当主になろうとも、李家が他家の者や組織に下ることはありません。景虎は劉家と良縁になることを望んではいますが、一方的に頭を垂れて願うことは微塵も考えておりません」

桃李は、凜《りん》とした面持ちを崩すことなく、交渉に挑み続けた。

「ほう…。ずいぶん甘く見られたものだな」

「この程度の心構えもなく、飛龍に取って代わることなど不可能。ましてや、これまで以上の繁栄を望むことなどもってのほか。景虎はそう申しておりました」

ここで新制李家の主張をはっきりと伝えた上で和睦に持っていかなければ、李家はどこまでも劉家からは下に見られて、対等とは思われない。

たとえ現在の抗戦が、飛龍と翔英の争いが景虎の登場により終結したところで、五分と五分の協定が結べなければ、結果的には争いが終わらない。

それどころか、今後李家が誰を龍頭に立てたところで、双方に犠牲が増えるだけの争いが終わらない。これでは、飛龍を失脚させてまで得ようとしたものが得られないばかりか、新たな宣戦布告をすることになりかねないのだ。

「それは強がりか、やせ我慢か？　まさか本気ではあるまい？」

「さあ…。私がお伝えするように言いつかったのは、ここまででございます」

しかし桃李は、あえてこの場で結論を急かすこと、良好な結果を切望するようなことは口にしなかった。

「実に一方的で、都合のいい話だな」

「それは、かえってご気分を害してしまったようで申し訳ありませんでした。私はこれにて失礼いたしますが、本日はお忙しい中お目通りいただきまして、ありがとうございました」

いずれの道を選ぶかは翔英に任せ、身体を折るとすぐさまその場から立ち去ろうとした。

「――――待て。返事を聞いて帰らないのか」

すると、一瞬悩んだ素振りも見せたが、翔英が動いた。

躊躇《ためら》うことなく去ろうとした桃李の腕を摑み、引き留めてきた。

「私は翔英様がおっしゃったことを、ありのままお伝えするだけ。今のお話が、景虎へのお返事と受け取るだけでございます」

「景虎はお前に〝何をしてでも快い返事を貰ってこい〟とは命じなかったのか」

和睦を申し出てきたにしては、必死さがまるで見えない桃李の態度に、翔英は景虎の本心がどこにあるのかを探し求めているようだった。

「はい。私ごときが画策したところで、翔英様のお気持ちが動くとは考えていないのです。だからこそ、景虎は正直に胸の内を明かした。あとは翔英様のご判断に委ねたのだと思います」

迷った挙げ句に、自棄《やけ》を起こしたのだろうか？

翔英は突然摑んでいた桃李の腕を強く引いた。

「上手い言い方だが、ようは私の責任か。景虎という男は、見かけによらず策士のようだ。こうして相手の度量を探るだけではなく、己の価値まで量るとは」

しなやかだが筋肉質なのがわかる片腕で抱きしめると、残りの利き手で白い貌《かお》を撫でつける。

「顔色を変えぬどころか、呼吸一つ乱さない。ましてや睫《まつげ》一本さえ震わせないとは大したものだ。これは景虎の躾《しつけ》か？」

そのまま指の腹で唇をなぞるが、桃李は微動だにしない。それどころか、合わせられた目を逸らすこともなく、瞬き一つしないまま翔英の姿を黒々と輝く瞳に映し続けていた。

「口も堅い。お前は美しいだけではなく、ずいぶん賢い側近のようだが…。もし、お前が私のものになるなら、いい返事をしてやろう。そう言ったら、お前は従うのか」

ならば、これならどうだと、問いかけてくる。

翔英は桃李の反応を見ることで、景虎の本心を少しでも暴こうとしたのだろう。

「ご所望とあれば。ただ、景虎が私をここへ送ったのは側近であると同時に、景虎自身の面子《メンツ》にございます。それをご了承していただいた上でしたら、いかようにも」

桃李ははにかむようにして笑った。まるで、自分を差し出す覚悟ははなからしてきたと明かすように、取り乱すこともなく翔英に向かって「どうぞご自由に」と服従の意を示した。

「ふっ」

これには翔英も噴き出した。

桃李の存在が「景虎の面子」なのだと言われて、笑いを堪《こら》えることができなかったのだ。

「なるほど。景虎はどこまでも強気な男だな。だが、ここまでふてぶてしいと、かえって気持ちがいい。悪くない」

古くから中国人には、己の面子を強く重んじる習慣がある。

面子があるから、他人に何かをするときは、自身にできる最大のふるまいをしてみせる。

そして、ふるまわれたほうは自分の面子にかけて、今度はされた以上のふるまいをして返す。

そんなふるまい、お返しごとが繰り返される習慣があることから、実際ふるまうのは好きでも、それをされるのは嫌がる者も少なくない。が、それを踏まえた上で、景虎は翔英への友好の証《あかし》と言わんばかりに、桃李という絶世の美青年を送り込んできた。

彼に関しては、翔英が希望するなら手にしていいという選択のある贈り物だが、うっかり受け取れば翔英は桃李より美しい者を探し出して返さなければならない。

おかしな話だが、それができなければ、翔英の面子が立たない。一方的に美しい妻を自慢され、何も自慢し返せずに唇を噛まされるようなものだ。

それなのに、翔英から見ても桃李の美貌は希少だった。

たとえ女性であっても、彼を凌ぐほどの美貌の持ち主を探し出すのは容易ではなかった。

それがわかっていて桃李を受け取り、自分の面子を潰すほど翔英も馬鹿な男ではない。

これから先はわからないが、現段階で自分の面子と出会ったばかりの桃李を秤にはかけられない。

翔英の揺るぎない自尊心は、中老が危惧するような、色香に弱いものではなかった。

ただ、景虎がそこまで見越して桃李を遣いに選んだのだろうと考えたら、翔英は笑うしかなかった。

ったようだ。

こんな大事な交渉ごとに、こんな形で自身の面子――人となりや価値観を知らせてくる景虎が珍しいと感じただろうし、翔英の好奇心そのものをくすぐったのも確かだ。

「気に入った。お前も景虎も実におもしろい。これまでのことはすべて水に流して、景虎と手を組もう。飛龍とは上手く付き合えなかったが、景虎やお前となら私も希望が持てそうだ。大きな夢も――見られそうだからな」

こうなると、仕掛けられっぱなし、やられっぱなしで憤慨するのでは芸がない。すべてを懐に受け入れ、尚かつ自分らしいお返しをしなければ、気も収まらない。

翔英は、桃李の傍《そば》から離れると、リビングボードに飾られていた二十センチ四方の宝石箱を手に取った。それ自体にダイヤやルビーがちりばめられた高価な作りの金の箱の蓋を、自ら開けてみせると桃李に差し出した。

「ついては、これは新たな同志への贈り物だ。今後の資金作りに役立ててくれ。足りなくなったら、いくらでも回す」

中に入っていたのは宝石ではなく、透明な袋に入った白い粉末だった。

「これは…、マリファナか何かでございますか?」

「いや、もっと高価なものだ。至高の媚薬《びやく》と言えばわかるか?」

重さにして一キロ程度か、それ以上はある。一瞬険しい表情を見せた桃李に、翔英は顔色一つ変えることなく、それがなんであるかを伝えてきた。

「もしや、デッドゾーン」

桃李は、何度か耳にしたことのあるドラッグの名を呟《つぶや》いた。

これが当たっているなら、箱の中身は一億円近い価値がある。

宝石箱の価値を合わせれば、おそらく景虎が出した示談金と同等、もしくは上回る価値だ。

「そうだ。詫びとはいえ、景虎だけに腹を痛めさせるのは心苦しいからな。何、私をこれほど愉快にしてくれた男ならば、これの使い道もさぞ心得ているだろう」

翔英は、景虎が仕掛けてきたさまざまなことに対するお返しや、今後李家と対等に付き合うことを受け入れたことを表明すると、その上でこんな品を使って〝目に見える同志の証〟を求めてきたのだ。

「これは私から信頼の証であり、面子だ。しっかり届けてくれよ、朱桃李」

あえて「面子」という言葉を遣い、間違っても私の面子を潰すなよ、飛龍を裏切ったように私まで裏切るなよと、深く釘を刺してきたのだ。

「かしこまりました。お預かりいたします」

桃李はずしりと重い宝石箱を預かると、ここへ来たときより尚重い責任を手にして、翔英の部屋をあとにした。ロビーまで下りると待たせていた連れの者たちと合流し、その後は検査の厳しい空路を避けて海路を選ぶと、景虎の待つ台北へは、少し遅れて帰ることを連絡した。

桃李から連絡を受けると、新たな龍頭となった景虎は、思いがけない土産に溜息を漏らした。

大柄で筋肉質な身体に精悍なマスク、まさに虎のような雄々しさの彼には不似合いだが、それほど翔英が寄こした土産は厄介《やっかい》なものだった。

他の組織ならば、泣いて喜ぶかもしれない至高の媚薬――黄金を生む白い粉。だが、李家にとっては今も昔も悪魔の粉、本来ならば一グラムたりともこの地には入れたくない、見つけ出したら排除して然るべきものだったのだ。

「よりにもよってデッドゾーンとは。この期に及んで翔英も、とんでもない爆弾を投げ込んできましたな、景虎様」

「俺が同志に値する男なのかどうかを見極めようという魂胆なのだろう。まあ、先に払った一億のお返しとしては妥当だ。香港マフィアの龍頭らしいよ」

目の前で落ち着かない様子を見せる大老・王に、景虎は開き直ったように言い放つ。

「景虎様……」

「なんにしても、物が届くまでにルートを用意しろ。一気に捌く」

すでに行動は起こした。クーデターは成功し、これから先の李家は飛龍に代わり、景虎が先陣を切って行かなければならない。

「っ、しかし！」

「これは新しい龍頭からの命令だ。王」

腹を据えた景虎に、王は渋々「はい」と返事をした。

「待て、王」

するとつい先ほど景虎に捕らえられた飛龍が、室内に置かれた檻の中で意識を取り戻した。手足を拘束されてはいないものの、何か薬を使われたのだろう、意識が朦朧《もうろう》としている。

「行け」

「王っ！」

それでも真っ直ぐに伸びた黒髪を振り乱し、忠儀の家臣と信じていた大老・王を呼んだ。

しかし、王は躊躇いながらも景虎に言われて部屋を出た。

「景虎っ…。貴様、こんな真似をしてただですむと思うのか」

飛龍は、絶望の淵に立たされながらも、毅然とした眼差しで声を上げた。

「しかも…デッドゾーンだと⁉　痩せても枯れてもこの李家、清の時代から〝悪魔の粉〟だけは扱わないというのが先祖代々の掟。よもや忘れたわけではあるまい！」

アヘン戦争の時代から続く李家の掟――――それを思い出せとばかりに、景虎に訴え馬鹿な真似はやめろと激昂して叫んだ。

「先祖代々の掟など、しょせんは一族あってのもの。李家そのものが存続できなければ、無意味に等しい」

「景虎！」

景虎は、冷ややかな眼差しで、捕らえた飛龍を見下ろすだけだった。

「飛龍――――。李家の偉大なる龍頭よ。命だけは取らずにおいた。ありがたく思い、新たな気持ちで余生を送れ。いずれときが証明する。正しいのは、この景虎だと」

「景虎」

いったい何を以《もっ》てして、景虎が「俺が正義だ」と言い切るのかが飛龍にはわからない。

「もう、二度と笑い合う日は来ないだろう。さらばだ」

つい、半日前には肩を抱いて笑い合った。

何があっても未来永劫互いを支え、この家を、一族を守ろうと心から誓い合ったはずだった。

それが、何をどうしたらこんな展開になるのか、飛龍には理由がわからないだけではなく、未だに信じられずにいる。

「待て、景虎！　桃李は、桃李はどうした？　いったいどこへやった⁉　あいつだけは巻き込むな！　桃李だけは安全なところへ――――、景虎‼」

ただ、景虎が飛龍の質問に何一つまともに答えることなく部屋から出て行ったことは、紛れもない現実だった。

「飛龍を例の場所へ移動しろ。決して誰にも知れぬよう。いいな」

「はい。景虎様」

その後すぐに、檻の中に捕らわれたままの飛龍が、自分でもどこなのかさえわからない場所に移動され、思いも寄らない月日の間、幽閉されることとなったのも現実だった。

「景虎っ――――っ」

2

中国人系組織の中で、台湾島を拠点とする一大組織である李家の龍頭が、暗黙の一夜の中で景虎に代わってから瞬く間にときは流れていた。

季節は初冬――。庭先の紅葉がちらちらと落ち始めた十一月。

柄にもなくパソコンに向かっていた景虎は、傍にいた王に向かって溜息交じりに呟いた。

「ここのところ売上げダウンが目立ってきたな」

李家の実権を握った景虎は、慣れない仕事に困窮していた。

それは地元・台北に本拠地を置き、中国本土からのアジア圏内の大都市に十もの支店を構えるカジノホテルの経営管理だ。

「はい。本店だけではなく支店や系列店のほうも落ち込みが目立ってきております。一応裏のしのぎで補塡し、赤字にならないよう調整はしておりますが、今後のことを考えると何か打つ手が欲しいところです。そうでなくとも買い付けに動いている日本の一等地は高額です。向こうに人間を置いて動かすにも、こちらの何倍もの資金がかかります。そこへ持ってきて、すぐに収入になる物件ばかりならよいのですが、これからどうこうしていこうという土地や建物も少なくないので、出費ばかりが嵩んでいる状態で…」

ホテルは米国・ワシントンに本部を置くプレジデントホテルグループの系列を取っており、五年前に飛龍が一念発起して始めた正規の表事業だった。

オープンから三年後には現在の店舗数まで増やし、奇跡的な大成功と評価されて飛龍自身も青年実業として名を馳せるまでになった、李家にとっては大動脈とも呼べる収入源だ。

「そうか。ならば何か考えよう。飛龍を追い出しておいて、李家を潰したらシャレにならない。ましてや、一番の稼ぎ頭が翔英から回されるデッドゾーンだなんてことになった日には、目も当てられないからな」

「景虎様…」

しかし、飛龍が表舞台に立ったときから、景虎は裏での仕事を一任されてきた。

それだけに、水面下で暗躍するだけならなんの難しさも感じない。

翔英に放り込まれたデッドゾーンを扱うにしても、最初は気が引けたが、今では右から左だ。

見た目が環状オリゴ糖の微粉末と似ていたことから、量増しまでして素知らぬ顔。つくづく自分が白か黒かと問われれば、真っ黒だなと笑って実感するだけだ。

だが、これが表立ったホテル経営となると話は別だ。

どんなにカジノが中心、賭博娯楽がメインのホテルだとは言っても、老舗《しにせ》のプレジデントホテルから暖簾《のれんわ》分けされている分、最低でも守るべきサービス、グレード、売上げ、何より安全基準がある。そのため、経営も管理も繊細だ。昨日今日の素人《しろうと》がどうこうできるものではない。

ホテルの営業そのものは慣れた支配人をはじめとするスタッフが中心となって切り盛りしてくれるが、全体を見たときに今後の岐路を選択するのはオーナーだ。今となっては景虎だ。

充分考え、気は遣っているが、それでも努力が思った通りの数字に繋がらない。どれほど飛龍が秀でた存在だったのか、誰が何を言わなくても、数字が景虎に現実を突きつけてくるのだから溜息も出るというものだ。

「心配そうな顔をするな、王。これは今だけだ。今を乗り切れば、いずれ日本に播いた種が芽を出し、花を咲かせて実る日が来る。すでにひっそりと芽ぐらいは出しているはずだしな」

それでも飛龍を退け、翔英との友好関係を確固たるものにしたことで、李家は当時直面していた問題の大半を解決していた。景虎や桃李、そして王が危惧していた最大にして最悪の事態も回避されていたことから、景虎自身が自分を責めることはほとんどなかった。

「そう願いたいものです。ところで、桃李は？　姿が見えないようですが」

王もそれは理解しているので、これ以上は何も言わない。

当たり障りのないところへ話を逸らして、ニコリと笑って見せるだけだ。

「翔英を空港まで迎えに行っている。立て続けの失敗報告に加えて、何やら怪しげな俵藤という男の登場だ。そうとう苛立《いらだ》ってたんで、いっそと思って呼んでみたんだ。――と、噂をすれば帰って来たようだな」

景虎が説明していると、二人がいた社長室の扉に軽くノックが響いた。

軽やかなリズムを刻むノックは、それだけで誰のものだかすぐにわかる。

「入れ」

「失礼します。翔英様をお連れしました」

現れたのは、スーツ姿でいてさえ持ち前の華やかさを隠せずにいる桃李。

背後にはエスコートと中老だけを供につけた翔英が、上質なスーツにコートを羽織った姿で立っている。が、不機嫌なのが丸出しだ。常にクールでインテリジェントな印象しか与えない翔英にしては珍しいことだ。

「お言葉に甘えて、しばらく寄らせてもらうことにした。マカオにいても腹が立つばかりだ。無能どもの報告は聞き飽きた。それに、どうせ愚痴を零すなら、実りのある愚痴を零したいからな」

「そこは、お互い様だな。歓迎するよ。さ、まずは乾杯しよう。愚痴を零すのも、知恵を絞り合うのもそれからだ」

景虎はすぐさま席を立つと、目の前に置かれた革張りのソファを翔英に勧めた。

それを合図に王も動き、翔英の付き添いたちに隣の部屋で寛《くつろ》ぐよう声をかけている。

「ご苦労だったな、桃李。お前も席に着くといい」

「はい。では、先に翔英様のコートと荷物をお部屋に移すよう、指示してまいります」

すでに何度も経験している再会の形だけに、その場は至ってスムーズだった。翔英は羽織ってきたコートを脱ぐと桃李に預け、三人掛けのゆったりとしたソファに腰を落とす。

「翔英、茅台酒《マオタイ》でいいか」

すでに用意していたのだろう。景虎は自らボトルやグラスを持って、テーブルに運んだ。

「ああ。ただし、乾杯ではなく随意《スイー》で頼みたい。お前の海量《ざる》に付き合ったら、愚痴る前にダウンしかねないからな」

酒豪の景虎を敬遠したのか、翔英が先手を打つように「飲み干し《かんぱい》はできないぞ」と笑う。ここへきて、少しは機嫌が直ったようだ。

「お待たせいたしました。では、乾杯しましょうか。翔英様」

「――……」

しかし、そんな翔英の敬遠は、戻って来るなりボトルを手にした桃李の微笑で、ものの見事に吹き飛ばされた。

「乾杯だな、翔英」

酒豪の景虎さえ苦笑を浮かべる。

桃李はマフィアの龍頭二人が揃《そろ》っても敵わないと認める、深海クラスの海量だ。

「本当に、桃李は私を酔わすのが上手いよ」

乾杯と言ってグラスを合わせれば、飲み干すのがこの国の礼儀であり男の面子。

こんなところでも引くに引けない習慣のために、翔英は予定にないほど飲まされた。

止まることのない返杯の繰り返しで、最低でも同量は飲んでいるはずの景虎も決して楽そうではなかったが、桃李だけはペースを崩すことなくグラスを空にし続けた。

＊＊＊

改まって翔英が本題を口にしたのは、茅台酒のボトルが一本空き、二本目も半分はなくなった頃だった。

「それにしても、無能な連中ばかりで頭が痛くなってきた。少人数とはいえ、精鋭一個小隊を連れて行っておきながら、捕虜になった挙げ句に自爆で全滅だ。沼田組《ぬまたぐみ》一つ潰せないどころか、組長の命さえまともに取れていない。しかも、殺り損なった組長の親分？　磐田会の鬼塚賢吾《りんご》とかいう男など、私やお前からしたら傘下の家長程度の者だ。関東どころか東京《とうきょう》の何割かをやっと収める程度のヤクザ相手だろうに、いったい何をしているんだと思う」

呂律が回らないほど酔い潰れることはないが、それでもかなり効いているのがわかる。翔英の口調がいつになく乱暴だ。

「そう言うな。全滅したとはいえ、小隊長は自ら黙秘に徹したんだろう。こちらの作戦を一切明かすことなく、また部下に明かさせることもなく。よくできた部下じゃないか」

景虎も手にしたグラスを握り締めると、中の酒を一気に呷《あお》った。

「しかし、お前のほうは着々と目的の土地を買い上げている。多少は梃摺《てこず》る相手もいるだろうが、それでも〝家の名を前面に出して動く〟というリスクを背負って、努力してくれている。それなのにと思うと……」

「代わりに、血なまぐさいことはすべて劉家任せだ。表裏で役割を分担したとはいえ、お前の部下ばかりを犠牲にしている。これは金では補えない。心苦しいのは俺のほうだ」

マフィアにとっての失敗は、死に直結する。全滅と言われれば、それは全員死亡だ。

桃李もグラスを持ったまま俯《うつむ》いた。今だけは二人の会話に口を挟むこともなく、死んでいった者たちに心の中で黙禱する。

「それは、お互い話し合って決めたことだ。それに、お前が表立って動いてくれているおかげで向こうの組織は李家のみに的を絞っている。部下たちだって動きやすいはずなんだ。それにもかかわらず、まともな成果を上げてこない。だから苛つく――」

この春から景虎と翔英が手を組んで進めてきたのは、日本のシンボリックな土地の買い叩きと、買い叩く予定地に昔から根強く残るヤクザたちの排除だった。

いずれも目的は〝円で稼ぐ〟と。極力安く買い叩いた土地を使って商売をする。また、その土地を縄張りとしてしのぎを上げているヤクザたちに取って代わることで、みかじめ料をも余すところなく巻き上げていこうという寸法だ。

何も他国まで足を伸ばしてそんなことせずとも、地元でいくらでも稼げるじゃないかと思うところだが、円と香港ドルやニュー台湾ドルでは価値が違う。

人民元だとしても、現在の円高に敵うものはない。

日本の景気が特別いいわけでもないのに、なぜと首を傾げても、長年円高が続いているのは現実だ。これは単に、他国が日本以上に不景気だからだ。

近年アメリカで相次いだ金融崩壊は、米ドルの価値を下落させた。

ギリシャの財政危機発覚においては、欧州全体を巻き込み、ユーロの価値を下落させた。

こうなると、ただの消去法であったとしても、円を求める投資家たちが跡を絶たない。

だから、いつまで経っても円高が収まらない。今もって円の価値と信用は不動だ。

それならば、翔英は同じ稼ぐなら円で効率よく稼ぎたいと思った。

たとえ最初に骨は折っても日本の地に基盤を作り、長きに亘《わた》って稼ぎ続けることを企んだ。

しかし、いざ侵略に向けて策を練り、用心に用心を重ねて現地に側近や部下を送り込んだが、思うように進んでいたのは初めの数ヶ月だけだった。

「完全に、情報不足だったんだろうな」

「情報？」

ターゲットにした土地を持つ者が不動産のプロなら、縄張りを守っているのもまたヤクザという名のプロ、ジャパニーズマフィアだ。どちらに対しても、甘く見ていたつもりはないが、時間が経つにつれてこちらの目的や行動が読まれていく。今では逆に、あちらのほうがこちらの出方を窺い、何か仕返すチャンスを狙っているのではないかと危惧して、余計に翔英を苛立たせる状態だ。

「そう。買い上げたい土地の条件、そこに根づくヤクザ組織とその規模。いろんな意味で都合がよかったところが、沼田組が仕切っていた池袋《いけぶくろ》という土地だった。銀座《ぎんざ》や新宿《しんじゅく》は多くの組織が混在していて、初めから全部を敵にするのは危険な土地だ。だから、ここは土地の購入だけに絞った。これは正解だっただろう。けど――――裏から仕掛けるに当たっては、池袋は思った以上に難関だった。沼田組そのものはさしてと思うが、背後にいた親玉の質を見落とした。だから、情報不足だったと言ったんだ」

景虎は、怪訝そうな顔をしたままの翔英に対し、まずは自分たちの落ち度を認めようと諭した。

大切なのは結果だ。

だが、そこに至るまでの経過を軽んじれば、この先望んだ結果には結びつかない。

そこは素直に受け入れようと。

「いったい、どういう戦い方をしたら一個小隊全員が負傷で捕虜なんて羽目になるんだ？　一人も殺さず捕虜ってところが、かえって不気味だ。それなら数人残して全員東京湾のほうが、まだ理解の範囲内だ。口を割られることを危惧して、部下全員と無理心中した小隊長のほうが、心情も読み取れる」

そうして、自分の落ち度を確認したら、次は相手の分析だ。

景虎は、小隊を通して知った当面の敵将・鬼塚賢吾という男の戦い方を知るために、まずは本人の人となりから知ろうとしていった。

「しかも、それだけのことを起こして、まともなニュースになっていない。戦闘現場そのものは大爆発を起こしているし、全員が捕らえられていた施設も同様だ。そこは報道されている。だが、それ以上のことがまったく音沙汰なしだ。報道の自由な日本でこれってことは、公の組織に対してもある程度の力を持っているということだろう。が、そうなると、シマの大きさや構成人数で相手の力を判断するのは危険ということだ。これがはっきりとわかっただけでも、一個小隊は名誉の戦死だ」

現段階で言えることは、警戒するに越したことがない。もっと用心に用心を重ねていい相手だった。それだけかもしれないが、今後のために再確認は不可欠だ。

景虎は、死んだ部下たちを褒めることで翔英を称え、感謝を示した。

「――そう言ってもらえると救われる」

翔英は、ふっと溜息を漏らした。本当に救われたという顔をする。

これを見ただけでも、景虎は〝呼びつけて正解だった〟と一笑した。

「なんにしても、俺がもっと調べておくべきだった。少なくとも飛龍はいっとき東京にいた。関東連合に属する総長たちとも縁がある。当然沼田組を配下に収めている磐田会の総長・鬼塚とも面識があったはずだし、その人となりもわかっていたはずだ」

「悪意を持って聞いたところで答えないだろう。飛龍はそういう男だ。それこそ無駄な時間を潰すだけで…。そんなことより、その飛龍はいったいどこにいる？　どこへ隠してるんだ？」

ただ、久しぶり飛龍の名が出ると、翔英は身を乗り出した。

「ん？」

「お前が殺れないなら、私が殺ってやる。奴が生きている限り、お前は真の龍頭にはなれない。それどころか、いつ取って代わられるかわからないしな」

ずっと、気にはなっていたのだろう。どんなに姿を見せずとも、飛龍は生きている。

生きている限り、いつ何時、景虎に同じことをして返さないとも限らない。

再び龍頭に返り咲く日が来る可能性が、ゼロではないということだ。

「それは、俺に力がない。飛龍以下だと言ってるのか？」

「そう聞こえたら謝る。しかし、龍頭が代わって半年以上になるが、未だにお前はホテルの副社長で龍頭代行だ。いくら飛龍の名があるほうが、何かと都合よく動かせるものが多いにしたって、それでいいのか？　私には、これに関しては、敵全員を生かしたまま捕虜にした鬼塚より、お前のほうがわからない。飛龍は危険だ。お前にとっては一個小隊どころか、一国の軍隊に値する危険を持っているはずなのに」

「いいも悪いも関係ない。俺は使えるものは、なんでも使うのが身上だ。それに、危うく滅亡しかけた李家は、今こうして健在だ。表の事業も裏の組織も、すべての実権が俺の手の中だ。この現実以上に必要なことなど俺にはない。名前だけの肩書にこだわり、もっとも使えるものを消してしまうほうが、大損ってもんだ」

これも酒の影響かもしれないが、いつになく捲《まく》し立てる翔英を、景虎は「まあまあ」と宥《なだ》めにかかる。桃李はただ黙って、様子を窺う。

「なるほど。だが、飛龍が生きている限り、厄介は跡を絶たないぞ。今だってVIPにいるんだろう？　飛龍への縁故を楯に寛いでいる俵藤とかって男が。鬼塚の回し者かもしれない招かれざる客が」

「んー。そう言い切るのは難しいところだな。先週から滞在している俵藤という男は、プレジデントホテル系列の優良株主だ。それも赤坂《あかさか》プレジデントの社長・松平《まつだいら》が、くれぐれも粗相がないように頼むと直々に連絡を寄こしたほど。この段階で、台北プレジデントの副社長としては、丁重に迎える以外術《すべ》がない。下手に勘ぐって、松平の顔は潰せない。ましてや、それが元で松平にこちらのお家事情や目論みが知られることにでもなったら、それこそ面倒だ」

「別に、ホテルの社長一人、どうってことないだろう」

次々と出てくる日本人の名前にうんざりしたのか、とうとう翔英がそっぽを向く。

「それが、そうでもない。松平が管理している秘密カジノ、オリエント・ベガスの上客には、ブラックバンクの現副会長・園城寺《えんじょうじ》がいる。飛龍と園城寺が〝客と金貸し〟という利害を超えて、交友関係を深めたのも、このカジノで一戦交えたことがきっかけだ」

しかし、さすがに聞き捨てならない組織名を耳にすると、ゆっくりと射るような視線を景虎へ送る。

「ブラックバンク。金に困れば国家元首さえ泣きつく、JCC《ジャパン・カトレア・クレジット》を隠れ蓑にした世界規模の闇金屋か。しかも副会長となれば、事実上のトップ。会長の綾小路蘭子《あやのこうじらんこ》はすでに高齢だ。今ではその姿を見るのも、総本部の限られた幹部だけだと噂があるぐらいだからな。確かに、藪《やぶ》を突いて蛇は出したくないか。何かのときに金が借りられなくなる」

カジノリゾートをシマに持つ翔英だけに、ブラックバンクとは切っても切れない間柄だ。

自分が借り入れするような羽目にはなったことはないが、遊戯に大金をつぎ込み、熱くなりすぎて引っ込みのつかなくなった客が利用しているのはよく見てきた。

一度の借り入れは最低一億円。利息は十日で一割がつく複利式。

世界広しといえども、闇金融を営むマフィア相手にまで金を貸して利息を取るところはここぐらいだろう。翔英が知るだけでも、「ブラックバンクだけは敵にするな」と遺言したマフィアの龍頭は、片手で足りない。

「それだけでも説得力があるが、実は松平自身も大物なんだ。日本でカジノ解禁、法改正を目指していることもあって、与党の政治家を何人も陰で支えている。その上彼の実家は、新未来製鉄の創業者だ。日本国内でも有数の鉄鋼業で財を成した資産家の御曹司だという以上に、俺たちの国のいくつもの製鉄会社が最先端技術の指導を受けている。この関係を壊されたら、ますます余計なところから恨まれる」

「そこまで話が転がると、厄介の一言に尽きるな。むしろ、それだけの繋がりを背後に抱えた男が、一介のヤクザのからの回し者だったら笑い話にもならない」

「だろう」

景虎は、多少は自分の立場を理解してくれたらしい翔英に、ようやくホッとした。

すべてが闇の中なら、誰を相手にしようが、ここまで慎重になることはない。

だが、要所要所で絡んでくる光の中の住民が問題だ。

どれもこれも一般人とは呼べないくせ者ばかりで、頭も痛くなる一方だ。

「それだから、俵藤様に関しては、私が直接お世話に当たって、探ってまいりましょうかと申し上げたのに」

それなのに、今度は桃李が景虎に絡んだ。

「寝物語に滞在の目的を聞き出そうというのか」

「私では無理ですか？」

「いや。お前ならどんなに屈強な男でも骨抜きにするだろう。だが――――な」

景虎は、どうにかしてくれとばかりに、翔英を見る。

すると、翔英は隣に腰掛け酌をしていた桃李の手を取り、突然握った。

「ここへ来たのは桃李、お前に巡り合うために決まっているだろう。これは神の導きだ。運命の出会いだ」

白い甲に口づける真似までして、わざとらしく口説いてみせた。

「なんなのです？　いきなり？」

「そう言って本気で口説かれるのが関の山だと言いたいんだよ、景虎は。桃李に色仕掛けの工作は不向きだ。相手が本来の目的も忘れて夢中になってしまうだろうからな」

ポカンとしている桃李に、ククッと笑う。

「でも、それって結局、私には何もできない。無理だとおっしゃってるんですよね？」

何をしてでも役に立ちたいという桃李の気持ちはわからないでもないが、景虎はそれを望んでいない。それは翔英にもわかっている。

「むくれるなって。それほどお前が魅力的だと褒めてるんだ」

「そうだぞ、桃李。まあ、美人は怒っても映《は》えるし、極上な酒のつまみにもなるがな」

景虎と翔英がここまで打ち解けたのも、おそらく最初に互いの面子を立てたから。翔英が桃李を無事に送り返したからに他ならないだろう。

「そうやって、ごまかす。もう、知りません」

景虎と翔英にとって、桃李の存在は決して小さくない。

二人が声を上げて笑う場には、必ず桃李のムッとした顔があった。

美しくも気高く、それでいて愛らしさまで持ち合わせた桃李。大の男の面子を奪うほどの酒豪というところが玉にきずだが、それでも重責を担う龍頭たちにとっては、最良の癒しだ。

しかし、これ以上ないほど場が和んでいると、扉の向こうからノックの音が響いた。

「なんだ？　接客中だぞ」

景虎が声を上げると、恐縮したように扉が開き、従業員が顔を覗《のぞ》かせた。

「はい。お話し中のところ、大変失礼いたします。ただいま、本日より宿泊予定のお客様で、ブラックバンクの荒屋敷《あらやしき》凱克様という方がフロントにお見えになったそうです。それで、ぜひ李社長に会いたい。少しでも時間を取ってもらえないかと申されたそうで」

あまりのタイミングのよさに、桃李と翔英も顔を見合わせた。

「ブラックバンク？　ブラックバンクと名乗ったのか？」

表向きのJCCではなく、堂々と裏の名前を出す者は限られていた。

それはカトレアグループと呼ばれるうちの銀行業務に殉ずる者でもなければ、JCCを通して、表裏からクレジット業務を兼任している者でもない。ブラックバンク総本部と呼ばれるカトレアグループの真の中枢。各業務でトップクラスまで登りつめた者の中から、更に選ばれたスペシャリストだけで構成されている部門に勤める幹部の者だけだ。

「はい。李社長とご交流のある園城寺様という方の部下だそうです。何度かお電話でお話しをされたことがあるそうなんですが…。今回は、せっかく仕事でここまで来たので、ぜひにと」

当然のように、三人の意識は一瞬にして荒屋敷へ移った。

「そうか。なら、俺が会って謝罪しよう。社長は別件で手が離せない。しばらく、ここへは顔を出せないからな」

「はい。では、お願いします」

「あ、それから、そのお客様の部屋をＶＩＰルームに移してくれ。社長の代わりに、せめてできる限りのもてなしがしたい」

「わかりました。では、至急そのように手配いたします。失礼いたしました」

景虎が対応すると聞いて従業員も安堵《あんど》したのか、帰り際の顔は晴れやかだ。

「下手な噂はしないに限るな」

「本当だ。藪も突いてないのに蛇が出てきたようだ」

扉が閉まると、翔英と景虎が目と目を合わせて苦笑する。

「まぁ、それでもブラックバンクの幹部ともなれば、社名を使ってたかるような真似はしない。これに関しては偶然だろう。せいぜい遊んでもらって、機嫌よく帰ってもらうさ」

「待て、景虎。それ、まさか本気で言ってるんじゃないだろうな」

これ以上の面倒はごめんだと言いたげに景虎が席を立ったが、それを止めたのは翔英だ。

「相手の目的は、確かにご機嫌伺いかもしれない。それも飛龍に気を回すことで、上司の顔を立てておこうという程度の。だが、それでも相手はブラックバンク総本部に勤める幹部だ。クレジット会社兼任の社長クラスより、よほど権限を持っているはずの相手だ」

「それは、懐柔しておいて、損はないと？」

翔英の思惑に先に反応したのは桃李だった。

「ああ。たとえ得になる日が来ないにしても、縁を深めておくのを躊躇う相手ではない。むしろ私が紹介してほしいぐらいだ。いざというときに金を用立ててくれる組織や人材は、千の兵士にも優る。たとえ馬鹿高い利息を取られたとしても、必要なときに必要な額が用立てられるのは何よりの強みだからな」

桃李がゆっくり景虎を見る。

「翔英様の言われるとおりですね」

「そうだな。わかった。桃李、場合によっては、今回の客人の世話は、お前に頼むかもしれない。そうなったら、やり方は任せる。宿泊中に友好関係を持てるよう務めてくれ。翔英のためにも、俺自身のためにも、そろそろ飛龍の名前なしでも金を動かしてくれる強力な縁故が欲しいからな」

景虎は、翔英だけではなく、桃李自身の思いも汲《く》んで返事をした。

「かしこまりました。では、そのような必要ができましたら、いつでも声をかけてください。とりあえず私は、先にご案内するお部屋に不備がないか確認をしてまいりますので」

席を立つと、翔英に一礼してから、桃李は一足先に部屋を出る。

「――いいのか、景虎。桃李を使って。日本人相手にお前の面子は通じないぞ」

それを見て慌《あわ》てたのは翔英だった。

こんなことになると考えて、荒屋敷との繋ぎを求めたわけではない。

「心配ない。桃李は賢い以上に気高い花だ。決して安売りしない」

しかし、そう言って背を向けた景虎の顔を、翔英は見ることができなかった。

「間違ってもお前や俺の役に立たないような男相手に、手折られることはないからな」

あの日も、あの春夜も、こうして桃李をマカオへ送ったのかとは想像したが、景虎の本心を覗くことは叶わなかった。

＊＊＊

夜になると三十三階建てのペンタゴンタワーがイルミネーションに彩られる台北プレジデントホテルは、オフィス街と観光客向けのホテルや店が居並ぶ中山区《ツォンサンチィ》の台北駅からそう遠くない場所にあった。

客室からビジネスオフィス、レストラン街から映画館などの娯楽施設までもが混在しているアミューズメントタワーの中には、メインとなるカジノフロアが二階から四階の中央を吹き抜けにしたドーナツ型で形成されている。

豊富で多種多様なゲームがコーナー分けされているのは各階のフロア共通だが、違いは最低掛け金のチップ。二階から上へ行くごとに百円、五百円、千円と上がっていき、個人の好みや予算に合わせて楽しめるようになっている。一般観光客向けのフロアだ。

『そろそろお客様が案内されてくる時刻。こんなに胸騒ぎがするのは、マカオへ出向いたとき以来だ』

そして、そんなフロアとは別に、タワーの最上階に設けられているのがハイリスク・ハイリターンを好むVIP専用のフロア。こちらは最低掛け金のチップが一万円からとなっていて、一勝負一千万円までの上限つきではあるが、それでも常に数億から数十億の勝ち負けが飛び交う、台北一のロールターン・カジノだ。

『来た？』

プロのディーラー資格を保持する桃李は、景虎からの連絡を受けて、今宵はVIPカジノで接客をするためにスタンバイしていた。

ディーラーからフロアスタッフまで黒のベストスーツかチャイナで統一されているフロアの中に、深紅のパオを着込んだ桃李は、それだけで一目置かれる存在だ。まるで綺羅な空間に凛と立つ大輪の花のようで、現れたと同時に周囲の視線を釘づけにしている。

『彼が…そう？　え？』

しかし、桃李の視線のみならず、桃李に向けられた周囲の熱い視線さえ一瞬にして攫《さら》っていったのは、景虎に案内されてフロアに入って来た客人・荒屋敷凱克だった。

『若い…。とてもワイルドなハンサムガイ』

年の頃は三十ぐらいだろうか、大柄な景虎よりは小さく見えるが、それでもかなりの長身だ。

上質なタキシードに身を包むも、その下にはとびきり美しい肉体を持っているだろうことが充分想像できる。

『でも、穏やかそうに笑っているけど、立ち姿にまるで隙がない。景虎と隣り立って、どちらがマフィアかわからないなんて、すごい迫力の持ち主だ』

事故か何かで傷を負ったのだろうが、最初に目を引く彼の眼帯、右目を覆う漆黒の眼帯も、なぜか痛々しさよりワイルドさを強調していた。

少し癖のある髪が額から眼帯にかけて揺れるたびに、彼のセクシーな眼差しをいっそうのものにして、視線を奪われたご婦人方などすでに魂まで抜かれていそうだ。

「いらっしゃいませ。ようこそ当カジノへ」

桃李はこの半日、ブラックバンクの荒屋敷とはいったいどんな客人なのだろうか？

名前が挙がっていた俵藤は五十前後の眼光鋭いナイスミドルだが、果たしてこちらは？　と、ずっと考えていた。

ブラックバンクの大幹部だと聞いていたことで、俵藤以上に高齢な紳士も想像していた。どんなに若くても俵藤ぐらいの男性だろう思い、信じて疑っていなかったところがあっただけに、本人から受けた衝撃はかなり大きい。当たり前の挨拶さえ、動揺から語尾が震えた。

「すみません。私はこれから仕事で出なければなりません。ここから先はこの者が案内いたしますが、よろしいでしょうか」

しかし、桃李が現れると、すかさず景虎は荒屋敷に向けて会釈《えしゃく》をした。

「ええ。お忙しいところ、お手数をおかけしました」

「いえ。では、どうぞごゆっくり」

何も聞いていなかったのか、荒屋敷は少し驚いた様子を見せたが、機嫌を損ねた様子はない。景虎に対しても至極当然な挨拶で返して、変なわがままを言い出す気配もないようだ。

「失礼のないように頼むぞ」

「はい」

立ち去り際に景虎は、一万円から十万円までのチップで一千万円分ほど入ったケースを桃李に差し出すと、今夜はこれで荒屋敷に楽しんでもらえと預けてくる。

「それでは、今宵は私・朱桃李がご案内させていただきます。お客様は、何かお好きなゲームはございますか？」

桃李はケースを両手で持つと、気持ちを改め最高の笑顔で荒屋敷の接客を開始する。

目的は一つ、彼・荒屋敷凱克を懐柔すること。

形はどんなふうでもいい。彼に好まれることで、彼がいずれ李家のために動いてくれる存在になればいい――それだけだ。

「荒屋敷だ。特にこれという好みはない。酒も博打も一通りいける」

「さようですか。では、ルーレットからご案内いたしましょうか。テーブルも賑わっておりますので、初めの運試しにはちょうどよいかと」

「ああ。それでいい」

桃李は荒屋敷の一挙一動から、彼の好みや欲望を探ろうと注意深く接した。

初めて会話を交わした荒屋敷は、声も口調も話の内容も、何一つ見た目を裏切るものがなかった。低くて少し厳つい声色、ざっくばらんな物言い、仕事はすでに一流なのがわかっているが、その分遊びも豪快そうだ。もしかしたら酒も桃李より強いかもしれないと思わせる。

「それよりツォ…、いや、ツゥか」

だが、見るからに完璧だと思われる荒屋敷が、使い慣れない発音に戸惑ったのを見ると、桃李はごまかすことのできない緊張が少し解けた。同時に、不思議な親近感も覚える。

「よろしければ名前で、〝トウリ〟とお呼びください」

「いいのか?」

「もちろんです」

「ありがとう。なら、これからは〝桃李《とうり》〟で」

「はい」

日本語読みの発音で名前を呼んでもらったたけで、覚えたばかりの親近感はいっそう大きなものになる。

「それにしても、社長も日本語が達者だが、桃李も達者だな。さすがは一流のホテルだ」

「お褒めいただきまして光栄です。が、実は私の母は日本人なので」

だからだろうか、こんな話が自然に口をついた。

「―――母親が?」

「はい。幼い頃に亡くなりましたが…。なので、トウリというのも母だけが使っていた日本語呼びの名前なんです」

懐かしくも温かい記憶。幼い頃の思い出が自然と蘇《よみがえ》ってきたためか、浮かべる笑みにも美しさより愛らしさが際だってくる。

「そうか。なら、俺なんかが呼んじゃまずいな」

だが、そんな桃李に荒屋敷は、さらりと驚くようなことを言った。

何か気分を害すようなことでも言ってしまったのだろうかと、桃李は急に不安になった。

「え？」

「大切な思い出に、土足で踏み込むのは趣味じゃない。ましてやお前の母親なら、きっとさえずる鳥より美しい声と姿で、愛する我が子を呼んだんだろうからな」

荒屋敷は、彼なりの気遣いを口にしたに過ぎない。戸惑う桃李に向けられた笑顔は、やはり爽やかではなくセクシーだ。

「お優しいんですね。荒屋敷様は」

微かに思い起こしていた母の声、そして笑顔。それさえ荒屋敷が放った笑顔と台詞《せりふ》で吹き飛んで、コインケースを抱えた桃李の両手に、思わず力が入った。

「そんなことはない。単にいい人ぶっているだけかもしれないぞ。少しでもこの見た目を補い、心証をよくしようとして」

しかし、荒屋敷は思いついたままのことを発しては、桃李を一喜一憂させた。

「荒屋敷様は、何もせずとも充分心証のよい方ですが」

「世辞はいらないぞ。もともと美男だったわけでもないのに、この目だからな」

少しだけ、腹立たしい思いもさせた。

「何をおっしゃるんです。一片の曇りもない澄んだ瞳を前に、誰がお世辞など――」

確かに荒屋敷の独眼は、隠しようのない傷なのかもしれない。

荒屋敷の思う美男というのが、仮に翔英のようなタイプであるなら、こんな言葉が出てくるのも自然なことだ。彼が持つ風貌とは違いすぎる。

ただ、そう考えたとしても、桃李は荒屋敷の口から自虐的なことは言ってほしくなかった。

摩天楼のような輝きではない。ギラギラと光る真夏の太陽のような眩しさで、少しぐらい高圧的な態度でもいいから自信に漲《みなぎ》る言動だけを見せてほしかった。

「どうぞ、このまま〝桃李〟とお呼びください。荒屋敷様にはそう呼んでいただきたいです」

今宵初めて会い、初めて言葉を交わしたような相手に、いったい自分はどんな無理を望んでいるのだろう。勝手な理想を押しつけているのだろうとはわかっていても、桃李は荒屋敷にそれを求めてしまった。

なぜだかは自分でもわからないが、荒屋敷にだけは、そう感じてしまったのだ。

「わかった。なら、甘えよう」

桃李の胸中など知りようもない荒屋敷だが、その後彼が自虐的なことを口にすることはなかった。

「さ、こちらのお席へ」

「ありがとう」

むしろ、最初に案内したルーレット台に向かって着席すると、かなり慣れているのか、漲る自信ばかりが目につき始める。

「お飲み物をお持ちしますが、ご希望は？」

「喉を潤《うるお》す程度のもので」

テーブルに片肘を突きながら、慣れた手つきでコインを掴む。

荒屋敷が賭け始めたのは、常に一ヶ所で、レッドかブラックのいずれかだ。

「では、シャンパンでよろしいですか？」

「ああ。銘柄も年代もすべてお前に任せる」

「かしこまりました」

見た目だけなら一点賭けで三十六倍を狙いそうな彼だが、こんなところに堅実さが窺えた。

ルーレットで二者択一では、当たったところで配当は二倍と低いが、下手にチップをばらまくよりは、さほど手持ちを減らすことなく遊べる方法だ。

しかも彼は何気ない会話や仕草の中で、しっかりとディーラーの癖や回転板の流れを目で追っている。ルーレットの回転速度に回転数、ディーラーが玉を投げ込むタイミングに力加減。それを細かく観察しながら、レッドかブラックに賭けている。

初めは勘だけだったかもしれないが、何度か賭けるうちに、彼なりの分析ができあがったのだろう。掛け金を増やし始めた頃には、当てる確率までもが一気に増えていった。

周りはラッキーだと信じているようだが、桃李には〝いかにも数字に強そうな、計算高さを感じる男の遊び方〟だと思えた。

それに彼は、とても負けず嫌いだ――と。

「荒屋敷様。シャンパンをお持ちしました」

「ありがとう。あ、別に問題がないなら隣に座れよ。せっかくだ、一緒にやろう」

「はい。では、失礼します」

たとえ負けが込んだところで、今夜のチップは景虎からの贈呈だ。荒屋敷本人が損をすることはない。勝ったらポケットマネーが増えるだけ、とんとんで終わってもそれは同じだ。

『――――っ、席を勧めた手が腰に…。なんて自然なエスコートからの束縛。どうやらこの人は酒も博打も一通りって言ってたけど、遊びはもっと慣れていそう。こんなことなら、シャンパンに一服盛らなくても誘われたかもしれない。むしろ、しっかり見張ってないと、他の人に発情されてしまいそう』

だが、桃李が見る限り、荒屋敷は〝儲かる、儲からない〟は、あまりこだわっていないようだった。彼にとって大事なのは〝勝ったか負けたか〟という結果。〝当てたか当てられなかったか〟という、基本的なことだけのように思えた。

「すごいわ！　彼、また当たった。どんどんチップが倍々に増えていくわ」

「あっという間に一財産だな。なんてラッキーなんだ」

荒屋敷は回を重ねれば重ねるほど、的確に当てていくようになった。

ときおりディーラーが意識して玉の投入のタイミングをずらしていたが、それさえ見分けて賭け分けるものだから、まったく歯が立たない。

『それにしても強い。勘も動体視力もよくて、なんてディーラー泣かせなギャンブラーだろう。ルーレットでこれじゃ、カードを捌かせたら、どんなことになるのか……。一夜にして億万長者になれそうだ』

桃李は感心するより先に、どうしたものかと思ってしまった。

荒屋敷のプレイは特別な高揚を誘うが、カジノ側の人間としては気が気ではない。

「今夜の俺には幸運の女神、いや勝利の女神がついているのかもしれない。なぁ、桃李」

「さようですね」

機嫌のいい荒屋敷に笑って返すも、荒屋敷の予想がヒットするたびに胸がドキドキした。

「そろそろテーブルを移りたい。ここにはサシで勝負してくれるディーラーはいるのか？」

そうしてしばらく遊んだのち、すっかりウォーミングアップが仕上がったのか、それとも周りが彼の予想に乗せて賭け始めたことをよしとしなかったのか、荒屋敷は場を替えたいと言ってきた。

「もちろんです。ご案内いたしますが、ゲームのご希望は？」

「ブラックジャックで」

「かしこまりました」

この上どんな勝負を見せてくれるのか、好奇心が湧き起こる。反面、桃李は店の者として、彼の相手は優れたディーラーでなければ務まらないと判断し、誰のテーブルに案内するかを真剣に検討し始めた。

『サシで勝負。本領発揮ってところかな。そうなると、対等に勝負できるのは…。駄目だ。接客中だ。彼とまともに勝負できるようなディーラーは空いてない』

選択の余地がないために、あえて待機していた新人ディーラーの席へ案内する。

「では、こちらのテーブルへ。あ、君。ここはいいから、別のテーブルをお願い」

「はい。わかりました」

荒屋敷の隣から離れて、ブラックジャック専用のテーブルの対面に移動すると、桃李は自らカードの用意をし始める。

「桃李？」

「せっかくですので、私がお相手を。これでもディーラーの一人なんです」

そう言って切り始めたカード捌きに、荒屋敷は目を丸くした。

どこにでもありそうなトランプが桃李にかかると、生き物のように見える。まるで僕《しもべ》だ。

「お、どうやら久しぶりに大勝負があるようだな」

「本当。桃李が相手に立っているわ。観に行きましょうか」

深紅のパオを纏った桃李がディーラーとして立つと、周囲の視線が一斉に集まり、ゲームを中断する者まで現れる。

誰が説明せずとも、周りの空気が荒屋敷に教えてくれる。

このカジノのトップディーラー、花形ディーラーがそもそも誰なのかを。

「――まいったな。勝利の女神が相手じゃ、負け戦だ」

自然とテーブルの周囲に人が集まり、荒屋敷が溜息を漏らした。

「ご冗談ばかり」

「いや、本気だ。今夜はここまでにしておくよ」

カードを配ろうとした桃李の手を本気で止めた。

「え？」

「これはゲーム放棄の詫び料だ。受け取ってくれ」

チップが十倍以上に増えているケースを桃李に差し出し、席から立って離れて行く。

「荒屋敷様？」

桃李は一瞬にして困惑した。

置き去りにされたコインケースを掴むと、すぐさま荒屋敷のあとを追う。

「荒屋敷様。あの、申し訳ございません。私が出すぎた真似をいたしました。すぐに別のディーラーをご用意いたしますので、どうかお待ちを」

歩幅が大きな荒屋敷は、あっという間にカジノフロアを出てしまい、桃李は出入り口に立つドアマンにコインケースを預けて、更に追いかけた。

「荒屋敷様！」

ようやく彼を捕まえたのは、エレベーターフロア。待機していたエレベーターがあったら、ここで捕らえることさえ不可能だった。

「別に、謝る必要はない。俺は怒ったわけじゃないし、機嫌を損ねたわけでもない」

荒屋敷は、こんなところでも負け戦だ、今夜はすっかり運が尽きたなと苦笑した。

「ですが」

「はっきり負け戦だと言っただろう。大人げない真似をしているのはわかっているが、これは勝負以前の問題だ」

開き直るしかなかったのか、突然荒屋敷が桃李の両腕を摑んでくる。

「俺は、お前が相手では勝負に勝っても喜べない。テーブルを挟むより、隣にいてほしい。そう気づいたところで惨敗だ」

ぶっきらぼうに惨敗を口にしたかと思うと、そのまま桃李の腕を引き寄せ、唇に唇を押し当てた。

「っ！」

「これ以上は説明させるな。なんだか、今夜は熱くなるのが早い。これ以上見ていると、もっと酷いことをしそうだ。この機会に〝武士の情け〟という日本語を覚えといてくれ」

キスと呼ぶには唐突すぎて、短すぎた。桃李は何かしらの感動を実感する間もなく突き放された上に、荒屋敷には扉が開いたエレベーターに逃げ込まれてしまう。

「っ、待ってください！」

閉まる扉の中へ桃李が躊躇いなく飛び込んだのは、条件反射か本能だ。決して使命感や義務感、荒屋敷にこっそりと盛ってしまった薬物反応への心配でもない。

「桃李」

「私も！　私もいざカードを手にしたときに、似たようなことを考えておりました。ディーラーとして心を無にしなければならないはずなのに、ふと…この勝負…、勝っても負けてもどうしようかと」

たとえ数秒後に本来の目的、自身の役割を思い出すことがあっても、今だけは衝動だ。

どこからともなく湧き起こる感情に従い、思いつくままに言葉を並べる。

「でも、席を立たれ、背中を向けられ、もっとどうしていいのかわからなくなりました。この気持ちに、荒屋敷様の言う〝お情け〟はいただけるのでしょうか？」

だが、だからこそ、桃李の中では何かが激しく警告していたのかもしれない。

この衝動は危険だ。この感情はあってはならないものだ。

思い出せ、冷静になれ、お前はいったい何者なのだ？　と。

「お前のその気持ちに、不機嫌になった客を宥めようとか、持ち上げて喜ばせようというサービス精神がひとかけらもないならな」

「っ…⁉」

しかし、そのことは桃李が思い起こす必要もなく、先に荒屋敷が口にした。

たとえ桃李が一瞬とはいえ職務を忘れても、景虎の下心まで承知の上で桃李を受け入れただろう荒屋敷のほうは、そのことを忘れていなかった。

知らないうちに飲まされていたはずの催淫剤、究極の媚薬・デッドゾーンさえ、彼の理性や判断力は惑わしきれないようだ。

「景虎副社長からの業務命令に従っているだけなら、俺に情けは必要ない。かえって萎えるだけだ。俺は個人的にふて腐れることはあっても、それを仕事に持ち込むほど心の狭い男じゃない。だから、そこは信用してフロアに戻れ」

「荒屋敷様」

今は二人きりのエレベーター。

一度は閉じた扉が荒屋敷の手により開かれ、桃李は選択を迫られる。

「戻らないなら、このまま部屋へ攫っていくぞ。今夜は駄目だ。本当に、我慢が利かない」

荒屋敷という男は、桃李の想像を遥かに超えて冷静だった。

計算高くて常に利害を頭の中に置いていて、本心がどこにあるのかまるで見えない。

どんなに甘い言葉を囁いたところで、すべてが仕事の延長かもしれない。彼は彼で仕事に役立つ何かを感じて、景虎が寄こしただろう桃李という甘い果実にも、こうして手を出しているのかもしれない。そんなふうに思わせる。

「なら、我慢などしないでください」

それでも桃李は、エレベーターを降りることはしなかった。

開かれた扉を閉じると、自ら荒屋敷の胸に身を寄せた。

「どうぞ、私を攫ってください」

荒屋敷の思惑や本心がどこにあっても、彼が優れた男であることは変わらない。ブラックバンクという特殊な組織の中で、飛び抜けた能力を認められた男であることも変わらない。

「このまま、お好きなところへ」

今の桃李に必要なのは、優れた能力を持った男を、自分の傍に置くことだ。

そうして景虎や李家にとって、役に立ってもらうことがすべてなのだから――。


ホテル側が用意したVIPルームは客室の最上階、VIPカジノのすぐ下の階に位置していた。

エレベーターを降りると、そこには専用のフロアにフロントがあり、一部屋二百平米から三百平米のプジデンシャル・スイートが八部屋ほど用意されている。

翔英が台北滞在時に使用しているのも、同じ並びにある部屋だ。

「荒屋敷様」

いったん部屋に入ってしまえば、荒屋敷はなんの遠慮も見せなかった。これは性格なのか、多少は媚薬の効果なのか、酷く急いた様子で、入り口に立った途端に桃李の身体を抱き上げた。

「ここまで来て〝様〟はよせ」

「でも…」

広々としたリビングやダイニングを足早に通り抜けて、一番奥の寝室までたどり着いたときには、脇目もふらずにベッドへ向かう。キングサイズのそれに、喜々として桃李の身体を横たえ、自らも上着を脱いで、蝶ネクタイを外すと覆い被さってくる。

身体がすでに熱い――。

「仕事は終わったんだろう？　他に呼び方を考えろ。名字でも名前でもいい」

「荒屋敷…さん？」

こうなる覚悟はしていたものの、桃李はあまりに荒屋敷が普通に迫ってくるので、かえって動揺していた。

「やっぱり硬いな。名前にしてみるか？」

「凱克…さん？」

そうでなくとも、桃李が最初にした覚悟は人身御供《ひとみごくう》だ。

それも大老か中老か、とにかく親子ほど違って当然という権力者に虐《しいた》げられることが前提で、こういってはなんだが、もっと陰湿で、いやらしくて、荒屋敷が聞いたら激怒しそうなプレイを強制されることだって想像していた。用意していた媚薬にしても、本当はそうなったときに自分をごまかすために飲むつもりで、隠し持っていたものだ。

「お前が言うと他人行儀だ。もう、呼び捨てでいい」

「そんな…、急には」

強いられる内容が酷ければ酷いほど信念を持って耐える心づもりはあっても、まるで出来立ての恋人のように扱われることなど想定していない。

幼い頃から「美しい」と褒めてもらった肢体を駆使して、婬靡《いんび》な仕草で相手を惑わし、必ず堕とすのだという決心はあっても、自分のほうが相手の魅力に振り回されることはまったく考えていなかったのだから、拍子抜けしてしまっても仕方がない。動揺は増すばかりだ。

「なら、朝までに慣れろ。いや、慣らしてやる」

「んんっ」

しかも、そうした動揺につけ込むように、荒屋敷は幾度もキスをしてきた。

これは飲ませた薬が関係しているとは思えなかった。

荒屋敷はそもそもマイペースで強引で、「やる」と決めたら迷うことがない。桃李が内心何を考えていようが、どんな思惑を抱えていようが、だからお構いなしなのだ。

「んっ、ぁっんっ…駄目」

頑丈な手は胸元から腰へと流れて、パオのスリットから中へ忍び込むと、あっという間に穿いていたズボンと下着も摑んで下ろしてしまった。

「忙しいのは好みじゃないか?」

「そうではなくて…、ぁっ」

きっと慣れているだろうとは思ったが、荒屋敷はこの手のことには本当に慣れていた。

桃李は、これだけは先に確認しなければと思っていたことさえ伝えられないまま、白い肌を剝《む》き出しにされた。右の太腿に巻きつき、腰へ向かってうねるようにしながら昇る薄紅色の昇龍を、説明する間もなくその目に晒して、驚かせてしまった。

「────」

パオのスリットから突如として現れた龍の姿に、荒屋敷も息を呑んだ。

「ごめんなさい。先に、言うのを…怠《おこた》ってしまいました」

あえて墨で縁彫りをすることなく、薄い紅色のみで濃淡をつけて彫られた刺青《いれずみ》は、桃李の白い肌にくっきりと、だが淡い色彩で生き生きと描かれている。

「謝ることはない。それより、もっとちゃんと見せてくれ」

度肝は抜かれたという顔をしたが、荒屋敷が刺青を嫌悪することはなかった。

むしろ好奇心をそそられるか、気に入ったのだろうが、両手で覆い隠そうとした桃李のパオを捲って、その独眼に焼きつけていく。

「凱克様…ぁっ」

薄紅色の昇龍は、桃李の白くスラリと伸びた脚をいっそう白く、そして長く見せていた。

「妖艶だな。こんなに悩ましい昇龍は見たことがない。お前はどこまでも男の欲望を裏切らない存在だ。これは、お前の守護神か?」

荒屋敷の硬質で長い指先が、改めて鱗の一つ一つを確認するように撫でていき、じりじりと桃李の陰部をも撫でつけていく。

「────はい。龍神様のご加護があるようにと」

神の名を口にしながら、膨らみ始めた欲望に戸惑い、桃李は罪悪感さえ覚え始める。

「なるほど。それで、ここまで守られてきたというなら、この神はそうとうできた神だな。俺が神なら加護などしない。すぐにでも天へ呼び寄せ、自らの傍へ置く」

なぞるだけでは満足できなかったのか、荒屋敷の唇が昇龍の胴に触れた。

「っん」

きつく吸い上げると、薄紅色のそれは真っ赤に染まって、更に悩ましさを増した。

「ふっ。これはいい。俺が色をつけ直してやる。薄紅色の昇龍を燃え盛る火龍に変えてやる」

荒屋敷は鱗の一つ一つを染めていくように、白い肌を啄《ついば》んだ。

片側の太腿ばかりを愛され、桃李の肉体は次第にじりじりと疼《うず》いて焦《じ》れていく。

ごまかしの利かなくなった欲望を両手で押さえるも、荒屋敷は悩ましげな龍を追いかけ、白い股の内側に唇を這わせるばかりだ。

「っ…っ、凱克…様」

それなのに「この手は邪魔だ」と弾《はじ》かれて、桃李は恨めしそうに「ぁっ」と声を漏らした。

「龍よりこっちを構えって感じだな」

腰を目指して昇る龍に、負けじと反り上がった桃李の欲望を目にして、荒屋敷は可笑しそうにしながら手を伸ばす。

「っ、いけません…凱克様っ。そのようなことは…、私が先に…っ！」

いきなり愛撫の矛先を変えられ、慌てて身体を起こすも、起きられない。桃李は握り締められた欲望を口に含まれ、背筋を反らして身もだえる。

「いいから黙って好きにさせろ。こんなところまで甘い香りと味がする…っ」

感じるままに身を捩《よじ》る桃李に気をよくしてか、荒屋敷はそそり立った欲望のみならず、その陰にひっそりと実った二つの果実まで口に含んで、とうとう悲鳴を上げさせた。

「っ…、凱克様、やめてください――許して…っ。あんっ」

押し寄せる快感から逃れようとすればするほど追いかけてきて、荒屋敷はとどめを刺すように口に含んだ欲望をきつく吸う。

「…っ、ぁぁっ」

桃李だけを一足先に絶頂へ追いやって、満足そうに、意地悪そうに笑った。

「〝様〟はよせと言ってるのに」

しかも、全身を真っ赤に染めた桃李が「ひどい」と愚痴る間もなく、今度は更なる秘境を責めてくる。果実の奥に潜んだ小さな窄みに濡れた舌を這わせ、唾液を含ませると長い指を差し込んできた。

「ひ…っ」

「ちょっと強引すぎるか?」

そう聞きながらも、窄みの中を掻き乱し、長い指を出し入れしては、達したばかりの桃李を更に追い詰める。

「やっ、凱克っ。許して、そこは…っ」

「よすぎて困るか?　ぐいぐいと締めてくる」

せめてもう少し穏やかに、ゆっくりと願ったところで、荒屋敷は容赦なく桃李を乱して、身を捩るのを見ては愉しんでいる。

「ゃっ――――っっ」

そうして再び、桃李が全身を震わせながら快感の絶頂へ登りつめると、荒屋敷が忍ばせた指を駄目押しのように押し込んでから、絡みつく肉襞を堪能しながら、引き出した。

「はぁっ…っ、はぁっ…っ」

下肢だけを乱されて、桃李は呼吸を荒くする。

「なんだ、二度も俺は置いてきぼりか。このままだと、三度、四度と置いてかれそうだからな、俺も一度イかせてもらうぞ」

荒屋敷は肩で息をする桃李を見下ろしながら、ズボンの前だけを寛げた。

「んんっ――――っ」

力の入らなくなった足を開かれ、露わになった窄みを欲望の先で探られた。

「ほら、可愛い尻に力を入れるな。入れるなら、俺のものを納めてからにしろ」

今更拒んだところで、拒みきれるはずもないが、桃李は続けざまに送り込まれた快感に苦痛を感じたのか、少しばかり抵抗した。

肩を摑んで抱き寄せる荒屋敷に、首を横に振っていやいやをする。

「立て続けできついようだが、も…、限界だ。俺も我慢が利かない。これでもすぐにぶち込みたいのを耐えたんだ。そっちも少しは我慢してくれよ」

だが、桃李が見せたささやかな抵抗など、荒屋敷には皆無に等しかった。すでに力強く漲っていた欲望の塊を窄みに宛がうと、そこから先は一気に中へと突き入れてきた。

「っ――――っ」

逃れる術のない桃李は、無我夢中で荒屋敷の腕に摑まり、縋りついた。

「はぁっ…っ。動くぞ。すぐによくしてやるから、拒むなよ」

こうして肉を裂かれて純潔を奪われる覚悟などとうにしていたはずだが、現実はどこまでも桃李を裏切り、追い詰めた。

「ほら、いい子だ。もっと俺を受け入れろ」

熱く滾《たぎ》る男の欲望の強さに引き裂かれた肉体からは、幾度も吸われて色を濃くした昇龍よりも、簡単に白い肌を赤く染めた。

「お前の中に、奥に、俺を受け入れて…、よくさせろ」

それでも、必死にしがみついて欲望を受け入れようとする桃李の表情にばかり気が行ったのか、荒屋敷は急に滑りのよくなった内部に気づくことなく、欲望の赴くままに桃李を抱いた。

「いいぞ、桃李。すごくいい。お前も、お前の中も、気持ちがよくて…、死にそうだ」

幾度もキスをし、汗ばんだ黒髪を愛おしげに撫でつけることは繰り返したが、桃李の中から退くことなく、二度、三度と続けて絶頂へ登りつめた。

「桃李…、桃李――――。俺はお前に、夢中だ」

3

桃李が自分のベッド以外の場所で目を覚ましたのは、何年ぶりのことだった。下手をすれば、もう二十年近くにもなる。

それほど桃李は規則正しい生活の中で育てられてきた。枕を抱えて誰かのベッドに入れてほしいとせがんだのは、幼少の頃だけ。となれば、家族でもない男の傍らに身を沈めて一夜を明かしたのも、これが初めてのことだ。

『いつの間にか眠ってしまったのか…。だるい…。身体が鉛のように重くて、節々が痛い』

本当なら、すぐにでも起きて身繕《みづくろ》いがしたかった。

晒している肌を隠して、バスルームにも飛び込みたかった。

だが、気持ちはあっても身体が追いついていかない。一晩中酷使された肉体は、多少の眠りでは回復しないし、許されるならこのまま明日の朝まで眠っていたいと訴えてくる。

『できることはしたと思うけど、こんなことで果たして彼の心の中に入り込めただろうか？　ほんの少しでも、何か新しい関係は作れているんだろうか？　自信がない』

それなのに、桃李はこんな思いをしながら、昨夜は上手くいったと確信できないことが切なかった。すぐに結果が出るようなことではないだろうが、自分の努力がどれほどの成果に繋がっているのか、目に見えないのが不安でならない。思わず溜息が漏れる。

「起きたのか」

するといつから起きていたのか、背後から荒屋敷が声をかけてきた。

「…っ、はい」

「昨夜は悪かったな、抑えが利かなくて。しかも、傷つけていたことに気づいてやれなくて。痛むか？」

いきなり腰を撫でつけられて、全身がビクリとした。

昨夜は無我夢中でわからなかったが、荒屋敷はこんな仕草一つが誘発的だ。今だって彼の手が患部を労《いたわ》っているのか、昨夜の続きを誘っているのかわからないほどだ。

「少しだけ。それに、身体の中から火照《ほて》りが抜けません。すごく熱くて…、まだ…、中に凱克がいるみたい」

相手の心情が見えないのは仕方ないにしても、自分の情けない感情を悟られたくはない。桃李は腰を撫でる荒屋敷の手に、わざと自分の手を重ねた。

口にするのも恥ずかしい事実を、あえて選んで言葉にもした。

「そうか。本当にすまない」

繰り返される謝罪と吐息で、鼓膜がジンジンしてくる。

当たり前のように外耳を舐め、キスをしてくる荒屋敷のスマートさに、桃李は自然に目を閉じた。キスをねだるような美貌に誘われ、荒屋敷が身を乗り出す。が、唇に触れると同時に、携帯電話にセットされていたアラームが響いた。

「と、残念だがそろそろ時間だ。一応仕事で来ているんで、支度をして出なきゃならない」

「いえ、私のほうこそ。つい甘えてしまって」

名残惜《なごりお》しげに抱きしめてきたが、荒屋敷はかなりバツが悪そうだ。

逆に、これで一度お開きになると安堵してか、桃李には少し余裕が戻ってきた。

「そこは気にするな。起きたら蛻《もぬけ》の殻だったなんてことに比べたら天国だ」

「――――そんな、憎らしいことをする方がいるんですか？　日本には」

「いや。もののたとえだよ」

それとなく責めると、「これ以上言うな」と荒屋敷がキスをしてくる。

「っん」

やはり、どんなに遊び慣れた男のサービス精神とはいえ、ただの接待係への対応とは思えない。

だから桃李は、余計に不安を覚える。いったい自分は彼のどこまで入り込めたのだろうか、少しは信頼を得ているのだろうか、と。

「じゃ、シャワーを浴びてくる」

「待って！」

桃李は、ベッドを離れようとした荒屋敷の腕を摑むと、思い切って目に見える成果を求めることにした。

「ん？」

「あの、じかに連絡先を教えてほしいとねだるのはわがままですか？　それとも失礼に当たりますか？　ホテルの台帳には守秘義務がありますし…」

躊躇いがちに、だが少し甘えるように。これで彼がどんな答えを寄こすのかと思えば、不安も入り交じっている。

「いや。こっちからは聞きにくいと思ってたから、ありがたいけど。これでアドレス交換ができる」

しかし、意外にも荒屋敷は簡単に「いいよ」と答えてきた。昨夜は上着だけしか脱がずにいたこともあり、ベッド下に落とした上着を拾うと、ポケットの中を探り始める。

「聞きにくい？」

それを見た桃李もすかさず携帯電話を捜した。

昨夜剝ぎ取られた衣類の中に埋没しているのを見ると、それだけで頰が赤くなる。

襟元を乱しただけの荒屋敷に対して、自分だけが裸にされているのはフェアじゃない。

これは怒ってもいいのだろうか？　と唇が窄んだ。

「ああ。聞いてみて、〝ご用の際はフロントに〟なんて言われたら、立ち直れないだろう」

「いくらなんでも、そんな失礼な返事はしません」

「なら、一度もしたことないか？」

「それはその…、無理を言ってくるお客様には、何度か…」

「そらみろ」

そうして、他愛のない痴話喧嘩をしながら携帯電話を手にすると、二人は互いにそれを向け合い、赤外線でプロフィールを送り合った。

「――意地悪。もういいです。甘えた私が馬鹿でした。これは消します」

「そう言うなって。桃李が愛《う》いから、虐《いじ》めたくなるんだ。俺が意地悪なのは、お前のせいだ」

「言いがかりです。理由になっていません」

どんなに頬を膨らませてみたところで、桃李の目が笑っていた。

荒屋敷が桃李に寄こしたのは、完全にプライベートとわかる携帯番号やメールアドレスだった。

会社のものと比べたら、いつでも変えられてしまうが、疑い出したらきりがない。

今日のところはこれでよしとしないと、疑心暗鬼でどうかしてしまう。

ここからは少し時間をかけてと決めて、桃李は二つ折りの携帯電話をパタンと閉じた。

しかし、なぜか荒屋敷のほうは携帯電話を握り締め、画面を見つめたままだ。

「どうかしましたか？」

「いや、自宅の住所と電話番号が景虎副社長と同じなんだな。一緒に住んでるってことか」

苦笑を浮かべて言われたことに、桃李は息が止まりそうになった。

「あ、はい…」

「そうか。なら、手土産の一つも持たせないと悪いな。こんな時間まで引き留めて」

景虎から先に連絡先を渡されていた荒屋敷も驚きが隠せなかったのだろうが、だとしても彼の苦笑も言い方も桃李には納得ができるものではなかった。

「それはどういう意味でしょうか？　どうして、私のことで景虎に気を遣うんですか？　悪いなんて思うんですか？」

一瞬にして湧き起こった感情が、桃李に荒屋敷を責めさせた。

「何をムキになってるんだ。別に、好きな相手の同居人に気を遣うぐらい、おかしなことじゃないだろう？」

「本当に、そう思っているんですか？」

こんなことを聞いたところで、どうなるものでもない。かえって心証を悪くするだけだ。それならもっと他に、同情を引くような嘘でも並べたほうが、よほど荒屋敷との関係を深められたかもしれない。それなのに――。

「じゃあ、どう言えばいいんだ。お前は景虎の恋人だったのか？　それとも囲われてるのかって聞けばいいのか？」

桃李は、荒屋敷の目の前で、貰ったばかりの連絡先を消してみせた。

「――私は…、両親の代から李本家に仕えています。早くに両親を亡くしたのと、景虎とは年も近く、乳兄弟だとして育ったので、先代の旦那様や飛龍様にも大変可愛がっていただきました。なので、今もずっとお傍でご奉公してます。けど、それだけです！」

言い訳にしか聞こえない。そう言われたところで、これ以上返す言葉もないが、とにかく荒屋敷から受けた誤解に憤慨すると、桃李はかき集めた衣類を急いで身に着けた。

「桃李」

「勝手に、取り乱してすみませんでした。私も仕事があるので失礼します」

先にベッドから離れて　あとは顔も見せずに走り出す。

「桃李…っ」

桃李の剣幕に押されてか、荒屋敷は追いかけるより先に立ち尽くし、その後は利き手で軽く額を押さえた。

「まいったな」

そうとしか言葉が出ない。荒屋敷にしては珍しいことだった。

しかし、困惑した荒屋敷の姿を見ることもなく部屋を出た桃李は、

『何をしてるんだろう？　これじゃあ、昨夜の努力が水の泡だ。せっかく距離を縮められると思ったのに…』

冷えた廊下の空気に触れると、後悔と反省から顔を上げることができなかった。

『景虎の囲われ者――そんな誤解、今に始まったことじゃない。これまでだって、当たり前のようにそう思われてきたし、そう思わせてきたところだってあるのに』

昨夜の流れだけ考えても、荒屋敷にとって桃李は〝景虎から宛がわれた遊女〟と変わらない。

たとえ景虎の愛人などでなくても、ただの接待係ではないことは確かだ。

桃李が自ら望んで、そう仕向けたのだから、どう思われたところで仕方ない。

その上、同じ屋根の下に住んでいるとなれば、荒屋敷の態度は正常だ。あれはあれで彼なりに、気を遣って言葉を濁したに過ぎなかったのだろう。

それなのに、どんなに悔いたところで今すぐに引き返して謝れる気力がない。

『どうして、あんなにムキになってしまったんだろう』

そもそも精も根も尽きて迎えた夜明けだ。桃李は、一度気持ちも身体も休めようと決めた。

荒屋敷もこれから仕事だと言っていた。謝罪するにしても、夜のほうがいいだろうと判断し、そのまま自宅となっている李本家に戻ると、あとはベッドに任せた。

傍らに誰がいることもない、自分一人だけのベッドに――。


『いったい俺は朝から何をしているんだ？　こんな大事なときに――』

桃李とのやりとりに後ろ髪を引かれる思いはあったが、荒屋敷も暇ではなかった。

事実、やるべきことがあるから台北まで来た。それは間違いないので、気持ちを切り換えるとホテルを出て、いったん街へ出た。

「お待ちしておりました、荒屋敷本部長。どうぞこちらへ」

「ん…」

向かった先はホテルから三キロ程度離れた中山北路三段沿いにあるＪＣＣの台北支店。

表向きはどこまでも世界の都市部に支店を持つ大手のクレジット会社。だが、その裏では厳選されたメンバーによって、ブラックバンクとしての活動が常に行われている。

「盗聴や盗撮の対策は大丈夫だろうな」

「万全を期しております。ＣＩＡでもこの中で交わされる会話は盗聴できません」

「外じゃない。身内は大丈夫なのかってことだ」

表裏で仕事を兼任しているのは支店長・遠埜《とおの》をはじめとする一握りの幹部社員。そしてここを利用するような客は、そもそも最低でも一億円という額を気軽に借り入れをするような人物であり、表立ったカトレアバンクやJCCにとっても間違いなく優良顧客。バンク側とも持ちつ持たれつで金を行き来させているようなセレブが大半だ。

扱いにくさだけで言うならマフィア以上、質《たち》が悪い金持ちは山ほどいる。

そう考えれば荒屋敷にとって、景虎はまだ可愛いものだ。桃李に至っては赤子も同然だ。

「人選に間違いはないつもりですが」

「了解。なら、万が一にも話が漏れたときには、お前が責任取れよ」

「承知しております」

支店が入った雑居ビルに到着すると、荒屋敷は遠埜に案内されて、隠し部屋へ足を踏み入れた。

そこは三十平米ほどの広さで、贅の限りが尽くされた王宮さながらの高級サロンだ。

ここが支店長室とダミーで借り入れしている隣接の店舗との間に作られたブラックバンク台北支店となるのだが、今日はすでに来客がいた。

「おいおい、支店長相手にずいぶんな言いぐさだな、荒屋敷。まあ、総本部まで登りつめたら、何を言っても許されるか。んと、大した出世だ」

遠埜相手に言いたい放題な荒屋敷に対して、ソファから立ち上がることもなく煙草を吹かして笑っている。

「松坂さん！」

その姿を目にするなり、荒屋敷は喜々とした声を上げた。

中肉長身でスーツが似合うのは以前と変わらないが、最後に会った七年前に比べるといささか痩せた印象がある。若い頃から極道を邁進してきた屈強な男も、出獄して間もない状態でふくよかになっていることはないようだ。荒屋敷を心から喜ばせた男・松坂に至っては、かえって痩せたことで更に眼光が鋭く、精悍さが増している。

「もっとも、そんなんだからテメェの無能を棚に上げて逆恨みするような上司に、殺られかけるんだ。ムショでお前が死んだってニュースを見たときには、心臓が止まるかと思った。自宅に火を放った上での首吊り自殺なんて――――。流れたニュースが表向きで、実はって舎弟が知らせてこなければ、俵藤さんと二人で脱獄していたところだぞ」

だが、松坂以上に七年前とは打って変わっていたのは荒屋敷のほうだった。

そうでなくとも二十代前半だった荒屋敷は三十になろうとしていた。男としても人としても多少印象が変わっていても不思議はない。ここは三十前半から四十近くになった松坂とは違って、二十代の七年はやはり大きい。男としての顔が作られてくる年だ。

「っ…申し訳ありません。ご心配おかけして…」

「本当だよ。で、こいつはそのときのものか」

しかし、そんな成長以前に荒屋敷を変えたのは、やはり独眼。彼をこんな姿に追いやった凶悪にして残酷なまでの殺人未遂事件だ。

「はい。さすがに無傷では逃げ切れなかったもので…。それでも、こいつが偶然訪ねて来たときだったので、命からがら逃げ出せたようなもので」

「支店長が？」

「遠埜は、俺が赤坂で支社長をやっていたときの側近です。ただ、そのためにこいつの身体にまで一生消えないような火傷《やけど》の痕を負わせてしまいました」

九死に一生は得たものの、それに伴う痛みや恐怖に駆られた現実は、今も荒屋敷や遠埜の身体に刻み込まれている。

「そうか。大変だったな」

経緯を知った松坂の語尾が、いっそう重いものになる。

荒屋敷たちが背負った火傷の痕は、松坂が自ら選択して身体に刻んだ刺青とは違う。一生消えずに残るにしても、その意味は比べものにならない。

「いえ。お互い、こうして生きていられるだけで」

それでも遠埜は誇らしげに笑っていた。過ぎたことだというよりは、彼にとって荒屋敷を助けることができた、今生きている以上に貴重だと感じられることがないのだろう、その笑顔に嘘はない。年は松坂と荒屋敷の間ぐらいだが、組織内の上下関係に対しての礼儀もしっかりしている。

「そうだな」

遠埜と荒屋敷の繋がりを目の当たりにし、また彼自身の価値観、誠実さに触れて、松坂の信頼と安心はいっそう強まった。行きがかりとはいえ、現在味方からの探索を逃れてここに匿《かくま》われて

いる立場としては、心強い限りだ。

「それより今、お茶をお持ちしますから、本部長も座ってください。さぞ、募る話もあるでしょうからね」

遠埜に勧められて、荒屋敷が「ああ」と答える。

「本当に、長い間お勤めご苦労様でした」

松坂の前に腰を下ろすと、荒屋敷は改めて出所を労《ねぎら》い、頭を下げる。

「やめろよ、くすぐったい。俵藤さんにならまだしも、俺にまで気を遣わなくていいって」

松坂が口にした俵藤とは、現在台北プレジデントにＶＩＰ待遇で宿泊している俵藤寿士のことだった。景虎や翔英が〃鬼塚からの回し者かもしれない〃と懸念した通り、俵藤は松坂の兄貴分であり磐田会の大幹部、それもつい最近まで松坂同様投獄されていて、出所してきたばかりの元・磐田会の総代だ。

しかも、この俵藤――以前磐田会を二分するような内戦が起こったときに、自分が責任を取って刑務所へ行くことで、当時若頭だった鬼塚を総代に担いだ男だ。二代目総長である磐田亡き後、三代目総長に鬼塚を据えるという未来図を描いたのも、他ならぬこの男なのだ。

「そんな。その節は大変お世話になりました。今の俺があるのも、俵藤さんや松坂さんのおかげです。裏へ回って、ある程度の権限も得ましたから、キャッシュが必要なときはいつでも声をかけてください。十億までなら、無期限無利息でお貸しできますんで」

そして、そんな極道・俵藤をこの七年のうちに、〃プレジデントホテル系列の優良株主〃に仕立て上げたのが荒屋敷だ。

赤坂プレジデントの社長・松平が景虎に働きかけたのは確かに知人・鬼塚から頼まれてのことだが、それだけなら景虎が必要以上に警戒することはない。景虎を悩ましたのは、俵藤名義の株が実際に相当数存在していたからだ。

では、なぜそんなことを荒屋敷がといえば、

「ぷっ。義理堅いというか、なんというか。こっちが世話をしたのなんて最初だけなのに」

「その最初が一番肝心なんですよ。まだまだ駆け出しで野望ばかりが先行していた営業マンだった俺に、俵藤さんと松坂さんは全財産を預けてくれた。失敗しても笑ってやるから、この金で好きなだけ上を目指してみろと言ってくれた。おかげで俺は、その金を元に社内で荒稼ぎ。とんとん拍子で出世もできて、遠埜みたいな部下たちにも同じ冒険をさせてやれた。自分好みのブレーンを育てることができたから、離れた今でも何かのときには電話一本で動いてもらえる。金以上の財産を得ました。感謝しきれません」

それは彼が感謝を込めて口にしたように、俵藤や松坂から個人的な資産投資を受けていたからだ。

そしてその金をもとにここまで来た、満足のいく仕事と人生が送れてきたという実感があるからだ。

「だとしても、結局はお前の才能と腕だよ。世の中、どんなに金があっても減らすだけ。まったく増やせずに失敗していく奴だっているからな。それに、この七年はこっちが一方的に世話にな

って――本当に感謝してる」

だからこそ、荒屋敷は二人が投獄されていた間も、仕事の一環として預かった資金をもとに金を増やし続けていた。社内では成績を上げて出世し続け、個人的にも財を作り、その上で二人の名前を使って株や為替《かわせ》も転がし現在に至っていた。

彼らが投獄中でも、また出てきてからでも、金にだけは困らないようにと気を配って結果を出し続けることに徹したのが、ＪＣＣ新宿支店の営業マンから赤坂支社にまで登り詰め、今となっては総本部の本部長まで極めた荒屋敷だったのだ。

「娑婆《しゃば》に残した舎弟たちが一度として金に困らなかったのは、お前に管理してもらったおかげだ。そりゃ、鬼塚総長も気を遣ってくれたが、舎弟たちにとって気兼ねがいらなかったのは、やっぱりお前が増やし続けてくれた俺たちの金のほうだ。俵藤さんが安心して獄中に身を置いたのだって、きっと金銭的に不安がなかったからだろうしな」

「そう言ってもらえると嬉しいです。まだまだ恩返しが終わったとは思ってませんが、少しでも返せたのなら」

「どんな大恩なんだよ。ったく」

もっとも、俵藤や松坂にしてみれば、荒屋敷にここまで大きな見返りなど求めていなかった。たとえ多少の夢や期待を抱いたとしても、利率のいい定期預金程度だ。

それだって、若かりし頃の荒屋敷が失敗すればゼロになるというゼロサムゲームのような投資だっただけに、出所後に増えた資産を確認したときには驚くばかりだった。俵藤など「どの面下《ツラ》げて優良株主なんだよ」と自嘲し、彼のおまけで金を出したような松坂に至ってば、かえって申し訳なさが込み上げたほどだ。

しかも、ここまで〝世話になった〟と恐縮しながら、尚も松坂は荒屋敷に頼み事をする羽目になっていた。

「ところで、そろそろ本題に。俵藤さんのことですが…」

荒屋敷から切り出され、手にしていた煙草を灰皿へ揉み消すと、姿勢を改める。

「――――ああ。かいつまんだ事情は遠埜支店長から聞いたと思うが、総長からの帰国命令を無視して逃げようとしたら、あっという間に捕まって台北プレジデントのＶＩＰに軟禁中だ。んと、よく躾《しつ》けられてるよ、総長が自ら選抜した護衛どもは。〝ここからは別行動させてもらう〟って電話してる最中に、もう捕獲態勢に入ってやがった。おかげでその場から逃げ切れたのは俺だけ。俵藤さんは、俺だけでも逃がして捜査を続行させようという腹で、あえて捕まった感じだな」

台北は、出獄して間もない身で偵察に訪れた土地だった。

それだけに、こうなったときに早急に頼れる相手、それも組や鬼塚に関係していない相手となると、松坂も荒屋敷しか思いつかなかったのだろうが、素人を巻き込んだ事実には溜息しか出ない。松坂もすっかり肩を落としている。

「そりゃ、敵のシマに乗り込んできて、家の内情を探るってだけでも命懸けなのに。その上、デッドゾーンのルートにまで首を突っ込もうってなったら、大概のボスは退かせますよ。特に、鬼塚総長は俵藤さんや松坂さんのやんちゃぶりを一番間近に見てきた人でしょう？　頼りにもしているだろうし、これ以上傍から放したくもない。ここはお二人の安全を最優先にしての配慮だってんだと…」

　こんなときだというのに、今日は場をごまかす酒もない。

　荒屋敷もどう返そうか悩むところだ。

「それはわかってる。だが、本来の目的は中途半端だし、その上デッドゾーンまで目の前にぶら下がっている状態となるとな。ま、だからって、素人のお前たちを巻き込むことじゃないのも充分承知なんだが」

「そこは気にしないでください。こんなときに当てにされなかったら、逆に凹《へこ》みます。それに、今、ここで松坂さんが動き回るより、俺や遠埜が肩書を使ってコソコソするほうが多方面に対して安全だ。そう思うから、俺はもう堂々と台北プレジデントにチェックインをすませて、飛龍に面会を求めてきましたしね」

　だが、こうした松坂の心情まで先読みしていたからこそ、荒屋敷はすでに動いていた。

　昨日のうちにいくつかの行動を起こし、自分なりに現在の李家がどうなっているのかを探っていた。

「飛龍に会えたのか？」

「いえ。現在飛龍は裏の仕事で多忙。しばらく表立って顔は出せないと副社長の景虎から直々に謝罪を受けました。ブラックバンクの名前を出してこれですから、飛龍が長期不在なのは確かです。そして主不在の李家を動かしているのが、景虎なのかと」

景虎には景虎の目的があり、桃李を荒屋敷に近づけた。

しかし、それを受け入れた荒屋敷にも、やはり理由はあったということだ。

「そうか。となると、やはり飛龍はもう…。景虎に取って代わられたということか。銀座や池袋の地上げも、磐田に対する攻撃も、景虎の仕業と思っていいと――」

「可能性は高いです。そもそも薬嫌いで有名な飛龍のシマにデッドゾーンが流れてるんですから、これだけでも飛龍に異変が起こったと思っても間違いないでしょう。ただ、だから飛龍が死んだ、すべて景虎の暗躍だと決めつけることは危険な気がします。場合によっては、突然飛龍が悪に目覚めて薬に手を出した。日本への侵略を開始したとも限りません」

チェックインから今朝までの間に、荒屋敷は景虎や桃李以外にも、多くの従業員と接触していた。

それ以前には遠埜から、なぜ俵藤や松坂がこの地に訪れたのか、そして二人を送り込んだはずの鬼塚が、なぜ今度は強制帰国させようとしたのか、その経緯もある程度は聞いていた。

それらの情報に、もともと自分が知る飛龍の人柄、そしてこの国特有の事情を考え合わせた結果、荒屋敷は現段階でこのような考えを示した。

「そいつは、総長が聞いたら、可愛さ余って憎さ百倍って仮説だな」

「可能性だけを挙げるなら、もっといろいろ出てきますよ。実は第三者に飛龍を捕らわれたがために、景虎が致し方なくあれこれ立ち回っているとか。兄弟二人が結託して何か目的を持ってこんなことをしているとか。なんにしたって、今のままでは飛龍の生死も主犯が誰なのかも断定できません。もっとも、だからこそ明確にする必要がある。事の真相とその黒幕を――」

誰もが「こう」と断言し切れずにいるのは、飛龍のもとの人柄のよさを知っていることもあるが、やはり日本とは違うこの国の成り立ちが一番の要因だ。

たとえ闇社会で生きるマフィアであっても、逆らえない相手がいる。言いなりになることが稀《まれ》ではない相手がいる現実が、自然と勘ぐらせてしまうのだ。この問題、本当に李家の中だけで起こっているのか？　と。

「なら、このまま甘えていいか？　無理はしてほしくないが、俺は今、李家どころか俵藤さんにも近づけない。だが、このまま行けば、真相が曖昧《あいまい》なままでも磐田会は李家と全面戦争だ。すでに喧嘩は売られている。が、できればそれは避けたい。どこに誰の思惑が隠れていようが、磐田会総長に無駄骨は折らせたくない。ましてや李家への当て馬に利用されるなんてことがあったら、目も当てられないからな――」

「任せてください。李家のほうには、昨夜のうちに繋ぎを作っておきました。少し時間はかかるかもしれませんが、確実な情報を持っている者だと思うので、そこから切り崩してみます」

それでも、すべてを踏まえた上で、この国の人間とも仕事をしてきた荒屋敷からの返事だけに、松坂もかなり安堵したようだった。

「頼むぞ。ただし、ミイラ取りがミイラになるなよ」

「？」

「その繋ぎ、どうせ景虎から貢がれたイロかなんかだろう。向こうだって馬鹿じゃない。日本人が来たってだけで、磐田の者だと疑っているかもしれない」

唯一の気がかりはといえば、この状況の中だというのに、荒屋敷が張り切りすぎて見えることだろうか？

「すでに腹の探り合いになっている可能性もあるんだ。どんな美女を寄こされたか知らないが、足をすくわれることだけはないようにな。今日日のラブコネクションは、命懸けだぞ」

図星を指されて、さすがに荒屋敷も苦笑する。

「あ、本部長。くれぐれもデッドゾーンにまでは手は出さないでくださいね。間違っても、変な欲に駆られて、全部俺が調べよう。松坂さんたちに貢献しようとか思わないように。言うまでもなく、ここは日本じゃありません。所持がばれただけで死刑になりかねない国ですから、そこだけは忘れずにお願いしますよ」

追い打ちをかけるように遠埜にまで念を押されてしまうと、「わかった、わかった」と言って席を立つ。

「では、今日のところはこれで。あとは、しばらく遠埜を介して連絡を入れますので、何かのときは松坂さんもそれでお願いします」

そのまま挨拶をすませると、荒屋敷は逃げるようにして街中へ飛び出し、今後の対策を練り始めた。これといって目的を定めないまま、少し街を歩く。

『ミイラ取りがミイラか。まるで見ていたような言い方だな』

あまりに松坂の言葉が的を射ていたためか、荒屋敷も桃李の姿を思い起こした。

『口説き落としたつもりが、口説かれていたんだろうか？　堕としたつもりが、堕とされていたんだろうか？』

カジノで桃李を紹介される以前に、景虎の思惑は見て取れていた。

アポなしで訪ねた飛龍の不在を謝罪するにしては行きすぎた部屋のランクアップ、そして豪華な夕食でのもてなし。明らかに「ブラックバンク本部の幹部となら、今後友好を深めたい」と示されたものだし、荒屋敷もこうなることがわかっていて、肩書を明かして利用した。

だが、それにしたって驚いたのが、とどめのＶＩＰカジノでの待遇だ。

ここで好きなだけ遊んでください、小遣いを稼いでくださいと差し出された袖の下も高額だったが、まだ想定の範囲内。「これも好きにして構わない」と、滞在中の遊戯相手を差し出されたことも初めてではないので、景虎の本気とマメさを実感するだけだ。

ただ、それにしたって逸脱していたのは桃李の美しさと優秀さだ。

これまで世界中に散らばるセレブやマフィアから接待を受けてきたが、桃李ほど美しくできた青年を貢がれたのはさすがに初めてのことだ。

主に見せびらかされるにしたって、桃李ほどの伴侶はなかなかいない。

しかも、ときおり覗かせる〝あの素人っぽさ〟はなんだろうか？

一晩のうちに何度も荒屋敷は〝俺はただの案内用のスタッフに誤って手を出しているんだろうか？　口説いているんだろうか？〟と悩まされた。

今朝になって桃李から、景虎と同じ住所や電話番号を差し出されなければ、しまった、本当に素人に手を出したんだと後悔していたところだ。それにしたって、この瞬間も悩んでいる。

景虎の思惑はこの際別にし、桃李の本心はどこにあったのだろうか？　と。

いったいどんな気持ちで昨夜は自分に抱かれたのか、また今朝に至ってはプライベートで連絡先を求め、荒屋敷がした誤解に対してもなぜ悲憤を見せたのだろうか？　と。

『────とはいえ、現状で見るなら、俺が飛龍を訪ねてきた日本人だってだけで、磐田会の回し者かと勘ぐられている可能性はあるよな。昨夜は、今後使えそうな俺を予想通り懐柔しにきたんだとばかり思ったが、そうでなかったら簡単に寝首をかかれそうだ』

こんなときだけに、悩んでいる場合ではないことはわかっていた。

『桃李は、これまで俺が貢がれてきたような遊戯相手とは質が違う。ふとした瞬間に、本気にさせられる。これこそが運命の相手なのかと勘違いしそうになる』

実際桃李がどんな立場にあるのかは別としても、景虎の側近だということは変わらない。

それどころか、李家そのものと縁が深い忠臣であることも変わらないのに、荒屋敷の中から悩みが消えない。

『だが、ああ見えて桃李だって、李家に使えるマフィアの一人のはずだ。それも龍頭の家で育ったような、龍神を守り神とする男のはず。決して油断はできない』

これが運命の出会いなら、こんなに皮肉な出会いはない────と。

「はーい、そこの眼帯のお兄さん。寄っていきなさいよ。いい思いさせてあげる」

しかし、そんな迷いに駆られるうちに荒屋敷は、いつしか自分も普段なら寄らないような裏路地に入り込んでいた。

日中だというのに辺りは薄暗く、人気《ひとけ》もない。お世辞にも小綺麗とは言えない場所だ。

こんなところが中山区にもあったのかと思わされる。

「生憎《あいにく》、俺は狼男でね。月の時間にならないと、力が漲らないいんだ」

「だったらいい薬があるわよ。太陽を月に変える至高の媚薬が」

一見ビジネスホテルにも見えなくない娼館らしい建物の前で、声をかけてきたのは三十前後の女だった。

観光客か出張中のサラリーマン相手と思い込んでいるのか、ずいぶん軽く誘ってくれる。

「どんな薬だよ？」

「中に入ったら教えてあげる。さ、来て」

桃李との甘美なセックスが記憶に新しい状態で、商売女を抱こうとは思わなかった。

だが、薬と言われれば興味が湧く。遠埜に念押しされたことも忘れて、誘われるまま中へ入ると、荒屋敷はベッドとユニットバスだけがあるような狭い一室に案内された。

先に指定された前金を支払って、一グラムもあるかないかという白い粉末と水を貰った。

『なんだこれは？　どこがデッドゾーンなんだ？　効きが悪いというか、売りである即効性に欠けているというか――もしかして、何かで量増しされてるのか？』

飲んだだけで、違いがわかる自分に失笑しそうだったが、荒屋敷には過去、誤ってデッドゾーンを吸入してしまった経験があった。

至高の媚薬はブラックバンク内でも話題に上がり、一応本物を見ておこう、知っておこうという幹部の一人が手に入れて来たものだが、それの匂いを確認しようとして、吸い込んでしまったのだ。

ただ、そのときに知った本物が持つ即効性がすごかった。吸引直後から身体がそわそわし始め、有無も言わせず興奮させる。いったいどこからこの高揚は来るんだと不思議なぐらい、がむしゃらな性欲を感じさせて、実際生殖機能にもそれが現れるのだ。

「さ、早くベッドに来て。お兄さんならその薬代だけでもOKよ。すごく好みなんだもの、手負いの獣っぽくって」

「そうか。そりゃ悪い。けど、こんなんじゃその気にならねぇや」

しかし、ここで荒屋敷が試したものは、そういう即効性からはかけ離れたものだった。

まったくその気にならないというわけではないが、誰彼構わず犯したい、今すぐセックスがしたいという衝動や盛り上がりがない。これなら桃李のふて腐れた顔のほうが、よほど下半身にくる。何が何でも攻略したいという気にもなるというものだ。

「は？　これでも駄目なぐらいどうしようもないの？　兄さん、男おしまいよ」

「俺の好みがはっきりしてるだけだよ」

「どういう意味よ、それ」

グラマーでそこそこ美人で自信ありげな女には悪いと思ったが、これればかりはどうしようもない。荒屋敷は更に財布から金を出して、女に手渡した。

「とにかく、用事を思い出したから、今日はこれで。今度、必ず月の支配する時間に来る。そんときはゆっくり朝までいるから、予約しといてくれ」

「勃つものが勃つならね」

「何が何でも勃たせるよ。じゃ、また」

このお粗末な媚薬が果たしてこの地で流行《はや》っているものなのか、それとも女が適当に量増しして使っているだけなのか、調べてみないことにはわからない。

そして、本当にこれを李家が流し、管理しているものなのか。ただ単に黙認しているだけで、実は他の組織が入り込んでいるのか、ここもはっきりさせたいところだ。

いずれにしても李家がデッドゾーンの製造元でない限り、どこかに出元があるのは確かだ。

俵藤たちが鬼塚の帰国命令に背いてこんなことになっているのも、結局はこの製造元にたどり着きたいがため、元から絶ちたいという思惑があってこそだ。

それがわかっているだけに、荒屋敷は見て見ぬふりができなかった。

こんなタイミングで出会わなければ、遠埜の忠告にも従っただろうが、出会ってしまえばお構いなしだ。荒屋敷は躊躇うこともなく、この山にも向かうことを決めた。

『しまった…。半端なもんを飲んだせいか、ムラムラするよりイライラしてきた。来るなら来いよっていう、じりじりとした高揚感――――最悪だ』

とはいえ、気持ちは新たな山に向かっていても、身体が言うことを聞かない。

荒屋敷は、次に起こす行動を思案するうちに、デッドゾーン本来の効果が出てきたことに苛立ちを覚え始めた。

『桃李とは喧嘩しちまったたし、あのレベルじゃもう熱くなれないし』

これが先ほどの女のところで感じたものなら処理も楽だったが、街中へ戻ってしまった手前なりふり構わずというわけにもいかない。

せいぜいどこかでトイレにでも飛び込み、自分で処理するしかない。

それがわかっているから、腹が立つ。こんな年になって、セックスの相手に不自由などしない男になって、自分でするのかと思えば、苛立ちもいっそうだ。

『――と、まてよ？　まさか、昨夜のシャンパン？』

しかし、そんな不快な状態の中で、荒屋敷は〝これが初めて経験する感覚ではない〟ということを思い出した。

カジノで覚えたいつにない苛立ちと性急さ。てっきり桃李の色香や存在に振り回されたのだと信じていたが、どうやらそれだけではなさそうだ。

『すでに腹の探り合い。景虎からの貢ぎ物…か』

原因を絞って記憶を遡るなら、もっとも怪しいのは途中で運ばれてきたシャンパンだ。

それ自体はドンペリニヨンの最高ラベルだとは思うが、グラスで運ばれてきたので媚薬が混入されていてもわからない。

微粒粉末にして無味無臭――これが即刻性の次に挙げられるデッドゾーンの特徴だ。

『昨夜のあれが全部芝居だというなら、そうとうな役者だな。景虎より侮れない』

荒屋敷は、桃李との出会いから今朝までのやりとりを思い起こすと、苛立ちや腹立ちが深まるだけでなく、ごまかしの利かない虚しさをも一緒に感じていた。

綺麗な花にはトゲも毒もあるとわかっていながら、すでに心のどこかで桃李と触れ合うことの心地よさに酔っていたのかもしれない。

『透き通るような白い肌、艶めかしく昇っていく薄紅色の龍神。会話、仕草、表情――――盛られた媚薬の効果にさえ気づけないほど、誘発されていたのは俺のほうか』

自分だって目的を持って近づいた。

全部が嘘とは言わないが、取ってつけたような口説き文句を並べて、桃李を部屋まで誘った。

『まあいい。それならそれでこちらも腹の探り合いを、いや、肌の探り合いを存分に楽しむまでだ』

お互い様だと思えば、自分ばかりが裏切られたような気持ちになるのはわがままだ。

ただの自分勝手だ。被害妄想だ。

「――――ん？」

それでも目にした花屋の店先で、荒屋敷は桃李を見つけた気がして足を止めた。

「赤いカサブランカ？　珍しいな」

「オリエンタルレッドという品種です」

高貴にして、どこか艶めかしい深紅のカサブランカ。同じような色のパオを着ていたから重なったのか、それとも本人そのものがこの花のような存在感を持っているのか。

いずれにしても荒屋敷は、花に桃李が重なり見えた現実に笑いが込み上げた。

はっきりと自嘲した。

「そうか。なら、あるだけ貰おう」

「ありがとうございます」

これが恋なら重傷だ。媚薬を盛られていたことに気づいていなければ、自分はすでに松坂の言うところのミイラだ。

今日日のラブコネクションは命懸けらしいというが、本当にそうだと笑うしかない。

「あと、そこのやつも全部まとめて。この住所に届けてもらえるか？」

「かしこまりました」

それでも荒屋敷は気持ちを引き締め直すと、自ら桃李との再会を望んだ。

桃李がただの接待係でないことだけは明らかになった。

それなら迷いも遠慮も要るまい。本気で口説いて、堕として、身も心も自分のものにするだけだ。

桃李を通して欲しい情報を、景虎や李家の実態を暴き出すまでだ――と。

＊＊＊

その日は時間が経つのが早かった。

ホテルで荒屋敷と別れた桃李は、台北松山空港にほど近い住宅街・松山区の一等地にある李本家へ戻った。

シャワーだけを浴びると、その後は何も考えられなくなってベッドへ入った。

瞼《まぶた》を閉じると嘘のように意識が飛んだ。泥のように眠って、目が覚めたときには部屋の中が薄暗かった。

そろそろ冬が近づいてきているのか、少し肌寒い。窓の外はすっかり暮れなずんでいた。

『いい香り…。花?』

気だるい身体を起こすと、最初に反応したのは嗅覚だった。

辺りを見回すと、部屋の至るところに深紅のカサブランカをメインにした大きなアレンジメントが十個以上は飾られている。

しかも飾っていたのは景虎だ。桃李は驚いたように目をくりくりとさせた。

「どうしたの、これ?」

「あ。起きたのか、桃李。今し方、荒屋敷から電話があったぞ。お前の携帯にかけても出ないから、こっちにかけてみたって」

飾り終えた花から離れると、景虎がそう言ってベッド際に立つ。

「凱克から?」

「ああ。なんでも、今朝のことを謝りたいから、嫌じゃなければもう一度会ってくれと言伝を頼まれた。喧嘩でもしたのか?　知り合って間もないのに」

「ちょっとね。大したことはないんだけど、私が勝手に拗ねただけ」

こんなときに住居が同じというのは、ごまかしが利かない。まさか景虎に言伝をしてくるとも思っていなかったので、桃李も動揺が隠せずにいる。

「俺の愛人と間違われてか？」

「――――!?」

桃李も気まずいが、こうなると景虎のほうはもっと気まずそうだ。

内容が内容だけに、苦笑しか浮かべられずにいた。

「すまない。荒屋敷が誤解してお前を怒らせたと俺にまで謝罪してきた。ついでに言うなら、俺にはまだプライベートナンバーを教えてなかったからと明かしてきて…。個人的に何かあったときには、相談に乗るとまで言ってきた。李家の担当は園城寺なのがわかってるから、あくまでも俺個人にその必要ができたときにはと――――」

それでも景虎は、改めて荒屋敷から歩み寄って来たことに満足そうだった。

「そう…。凱克が、そんなことを」

「お前のおかげだな。この花もあいつがお前にと贈って来たものだ。届いたときは、メイドたちが大騒ぎして大変だったが。どうやらあいつはお前に夢中だな」

ベッドに腰をかけてくると、感謝を込めて桃李の手を取ってくる。

すると、桃李は戸惑いを隠せずに目を伏せた。

「それは、どうだかわからない。油断は禁物」

「どういうことだ？」

「彼の言葉は、どこまで本気でどこまで嘘か、まるで区別がつかないところがある。一つ一つの言動がストレートすぎて、全部本当かもしれないし、全部嘘かもしれないって思わせる。それに、荒屋敷凱克という人は私や景虎とは違う。翔英や飛龍とも違う。日本人だからなのか、ブラックバンクという特殊な組織に属しているからなのか。一晩一緒にいてわかったのは、なんて摑みどころのない人なんだろうってことぐらいだった。だから、油断はできないなって……」

正直に感じたこと、思っていることを景虎に伝えるも、気持ちが軽くならない。

部屋の至るところに荒屋敷からの気持ちが届いているのに、桃李は素直に喜べない。

彼が信頼できずに、なぜか不安ばかりが込み上げて、どうしていいのかわからなくなる。

「一晩一緒にか――――。結局、抱かせたのか」

「翔英のときみたいに袖にされたくなかったから、一服盛ったんだ。だから、昨夜彼がその気になったのは薬のせい。次に会ったら、振られるかもしれない。そうならないように、またこっそり一服盛らないと駄目かも……」

景虎からの報告だけを聞くなら、桃李はできることをした。目的も果たした。

今朝のいざこざにしても、結果だけを見るなら良好だ。

なのに、どうしてこんなに気持ちが沈むのかと思えば、それは桃李に本気で愛されたという実感がないからかもしれない。

媚薬を利用し抱かれただけで、愛されたわけではない。

欲に駆られた肉体は交えたが、心を交えたわけでもない。

同じとき、同じ一夜は過ごしたかもしれないが、強いて言うならそれだけだ。

明け方に交わしたアドレスにしたって、桃李は目に見える進展や成果が欲しかったからねだっただけで、荒屋敷はそれに合わせて応えたに過ぎない。

社交辞令だっただけだろうに、ムキになった自分がそもそもおかしかったのだ。

今思えば、自分ばかりが感情を高ぶらせて――普通じゃなかったと理解できる。

やはり、恋さえまともにしたことがなかった自分が挑むには難しい作戦であり、相手だったのかもしれない。

荒屋敷をよくわからない人物だと感じるのも結局は経験不足、自分にベッドで相手を見通す力が養われていないのだと、桃李はすっかり反省してしまった。

「だったらもう二度と会う必要はない。一度でたくさんだ。本当なら昨夜だって俺は…」

「それ以上は言わないで、景虎！　ごめんなさい。私が、変なことを言い過ぎた。やっぱり、正々堂々と堕としにいけばよかった。よかれと思って媚薬を使ったことで、かえって疑心暗鬼になっているんじゃ意味がないのに」

それでも景虎が後悔を示すと、桃李は慌てて言い訳をした。

「けど、昨夜の私は李家のために働けて嬉しかった。これは間違いない。だってあの春の夜から、うううん…、本当はもっとずっと前から、景虎には大変な思いばかりをさせている。誰より私がそのことは知っている。だから、少しでも役に立てたのなら、それだけ嬉しいし」

今、桃李が口にしていることに嘘はなかった。

すべてが本心で、心の底から思い、実感していることだ。

「桃李」

「それにしたって、荒屋敷という男が本当に使えるのか、いざというときにブラックバンクを動かしてくれるのか、見極めるにはまだかかる。大人しくしているとはいえ、俵藤氏のことも気になるし。本当に、こんなことならもっと飛龍に日本のことを聞いておくんだったと思うよ」

桃李はそう言って笑うと、まるで海の向こうにある日本を見るように、窓の外に目を向けた。

「国と国、国民と国民、まだまだ同じアジア内でも歩み寄るのは難しい。けど、私と彼らは上手くやっていける。一生の友になれる。そんな、甘い話ばかりではなく、もっと…、ちゃんと彼らの力や信念、組織力ついての話を。一度や二度は名前だって聞いてたんだから。鬼塚賢吾のことだって」

自宅のある高台からは、松山区の住宅街が一望できる。

すっかり太陽が沈み、辺りが空が暗くなると、家には明かりが点ってキラキラと輝き始める。

「そうだな。だが、あの飛龍が生涯の友と認めた者たちだ。俺たちは、そこを基準に判断するしかない」

「そうだね…」

遠くの空からは台北松山空港に向けて、ちょうど旅客機が降りてきた。

そうかと思えば、今度は異国を目指して飛び立っていく。

「とにかく、計画通りここまで来たんだ。今更慌てることはない。くれぐれも、無茶だけはするなよ」

「はい」

こんな平和な日常に触れると、桃李は時々わからなくなる。

どうしてこの時代になっても、この地にマフィアは存在しているのだろう？

世界の至るところに、地下組織で生きる者が消えることがないのだろうと。


すっかり日が落ち、夕食も終えているだろうという午後八時半。

桃李は職場であるＶＩＰカジノに出向くこともなく、荒屋敷が滞在する部屋を訪れた。

「お電話、ありがとうございました。もう、声をかけてくれないんじゃないかと思っていたので、嬉しかったです」

手には未開封の高級酒。謝罪とお礼を込めて桃李が選んだ酒は、ドンペリニヨンのゴールドラベル。昨夜カジノで出した幻と呼ばれるプラチナラベルのグラスに比べると、そうとうランクダウンしたシャンパンだが、それでも十万円はする品だ。ピンクラベルと呼ばれるクラスからすると、五倍もの価値がある。

だが、桃李からすれば価格よりも未開封というところに意味があった。

今夜は媚薬に頼らず、接しよう。昨夜よりは冷静に荒屋敷とも対応しようという心づもりだ。

「俺も仕事外では、二度と返事をしてくれないんじゃないかと思っていたから、来てくれて嬉しいよ。ありがとう」

「そんな。今朝は、あのような形で…。お見送りもせずに、申し訳ありませんでした」

「振り出しに戻ったような、仰々しい口調で謝るなって。どう考えたって、あれは俺が悪かった。お前が怒って当然だ」

しかし、荒屋敷は再会から数分も経たないうちに桃李の心を掻き乱してきた。

「けど、俺は…お前が怒ってくれて嬉しかった。景虎との関係をはっきりと説明してくれて、ホッとした」

片手でボトルを受け取るも、残りの片手で桃李の腰を抱き寄せた。

それだけならまだしも、こめかみに唇を向けるとチュッと音を立ててキスをしてくる。

何もかもが流れるようにスムーズで、恥ずかしがる余裕もない。

「…っ、凱克」

「本当に、俺はお前に夢中らしい」

むしろ桃李は疑った。

荒屋敷はすでに酔っているのだろうか？　ディナーの晩食で飲み過ぎたのだろうか？　と。

「どんな媚薬もお前には敵わない。俺はお前とこうしているだけで酔いそうだ」

だが、荒屋敷は至って真面目だし、素面《しらふ》だった。

『び、媚薬？　もしかして、気づかれていた？　そういうことじゃなく？』

バスローブ姿の彼から香ってくるのは、ボディソープやシャンプーの香りだけで、アルコールの気配はまるでない。

「許されるなら、今夜もお前が欲しい。どれだけ俺がお前に夢中が、知ってほしい」

彼に似合いそうな煙草の匂いもしないし、思えばカジノでも喫煙しているところは見なかった。

荒屋敷はノンスモーカーのようだ。

「凱克…」

だが、煙草を吸わない男の香りは、何ものにもごまかされることがない分、直情的だ。

冷静に相手を見るも何も、抱きしめられてキスまでされたら、桃李は濁流に呑まれるように今夜も彼の手管に堕ちていく。

「桃李…」

荒屋敷は、差し入れられたボトルをリビングテーブルに置くと、開いた両手で桃李の身体を抱き上げてきた。

躊躇うことなく寝室へ移動され、これでは昨夜の二の舞になりかねないと身を捩る。

「頼むから嫌がるな。黙って俺を受け入れろ」

「っ、でも」

出会い頭から強引な男は、一日経ったところで強引だ。それが強まることはあっても、弱まることなどまったくない。

『どうしよう』

今夜は荒屋敷の心情を探りたい。彼の仕事や考え、李家や景虎への思惑を少しでもいいから知っておきたいと思っていたのに、桃李は話さえ切り出せないままベッドに運ばれる。

それどころか香《かぐわ》しい匂いに鼻腔をつかれて、一瞬意識が他へ逸れる。

「ここにも、赤いカサブランカが……」

寝室には、桃李に届けられたアレンジメントと同じタイプのものがところ狭しと飾られていた。どれもこれも素晴らしいが、一番目につくのは、やはり深紅のカサブランカだ。

「オリエンタルレッドというそうだ。街で見かけたんで、花屋を梯子《はしご》して全部買い占めた。桃李に似ている気がして、他の誰にも買わせたくなかったんだ」

普段あまり目にすることのない品種だけに、ついつい心が奪われる。

これを買い占めたと聞き、ただただ驚く。

「私は、こんなに美しくも、華やかでもありませんが」

そう言えば、以前翔英にも似たようなことを言われた気がした。

すっかり忘れていたことが思い出される。

「言ってろ。俺にはそう見えるんだからいいんだよ」

「あっんんっ！」

けれど、桃李の意識が完全に荒屋敷から逸れたことが気に入らなかったのか、桃李は覆い被さられると同時に、華奢な身体をまさぐられた。

今夜も一方的に衣類を奪われ、桃李の白く瑞々《みずみず》しい肌ばかりが荒屋敷の視線に晒されていく。

「凜としていて、華美で。なのに、どこか邪婬な魅力があって」

「それは、私がいやらしいということでしょうか」

そうして剝き出しになった薄紅色の昇龍は、今夜も彼に吸われて赤く染まる。

「いや。お前を見ていると本能が狂うと言っただけだ。これでも俺は女しか抱いたことがなかった男だ。それが、ここにきて狂いっぱなしだからな」

「ん…っ」

艶めかしくも甘美な愛撫に、桃李は唇を噛んで身を捩る。

ベッドでくねる桃李の姿は、深紅に染められていく昇龍より悩ましい。

桃李を欲しがるのに、媚薬など必要ないことは、誰の目にも明らかだ。

「そう言えば、少しは傷は癒えたか？　見せてみろ」

「――――あ、そんなっ！」

荒屋敷は桃李の身体をうつぶせに返すと、白桃のような双丘を両手で摑んだ。

「昨夜の俺は、そうとうな獣だったらしいな」

軽く割るように開くと、赤く染まった窄みが恥ずかしげにキュッと締まる。

「今夜は優しくする」

痛々しさを残した窄みに、荒屋敷は口づけ、舌を這わせた。

「本当でしょうか？」

真っ赤に染まった頬をベッドに押しつけ、身体をすくませながら聞いてしまったのは、未だに荒屋敷を信じられずにいるから。

媚薬なしでも自分を求めているのだろうかと、疑いが残っているからだ。

「そう聞かれると自信がない。お前のような壊れ物は扱ったことがないからな」

「凱克…っ」

桃李が桃李である限り、荒屋敷が荒屋敷である限り、桃李の胸に渦巻く不安や疑心もなくなることがない。

「ぁっ…っん。も…、そこは…、んんっ」

自らに課した役割、使命がある限り、どんなに迷い、躊躇うことがあっても、桃李が荒屋敷との性交に身も心も投げ出すことはない。

「少しはよくなってきたか？　そんな声を聞いたら、それだけでイきそうだ」

それでも荒屋敷は、桃李の傷ついた秘所を丹念に愛撫し続けてきた。

痛みさえ快感に変わるまで、じっくりと時間をかけて癒し続けてきた。

「今夜も俺は酔っている。お前に、極上な蜜の香りがする果実に――…」

そうして昨夜よりも熱烈に愛の言葉を囁き、二つの身体を一つに結んだ。

「な、桃李」

「凱克っ」

この夜も荒屋敷は、朝まで桃李を放すことなく抱き続けた。

そして桃李に、抱きしめ続けられた。

4

松坂一人が逃亡し、俵藤だけがホテルの部屋で軟禁されることとなってから、三日目のことだった。

前日荒屋敷が松坂と密会していたその頃、日本からは磐田会傘下久岡組《ひさおかぐみ》から送り込まれた精鋭六名が台北入りを果たしていた。新たに送り込まれた精鋭たちの目的はただ一つ。市内を逃亡中の松坂を見つけ出して、俵藤共々無事に日本へ帰国させることだ。

ただ、彼らまでもが敵陣同然の台北プレジデントホテルに乗り込み、宿泊するわけにはいかない。彼らは鬼塚の指示で、台北プレジデントホテルの目と鼻の先にある高級ホテル・マンデリン台北に部屋を取った。

そしてその翌日には、俵藤とお付きの舎弟たち四人に台北プレジデントをチェックアウトさせ、いったん敵陣からは引き離して、マンデリン台北へ宿を替えさせた。

できることなら俵藤だけでも帰国させたいのは山々だが、松坂一人を残して、俵藤が動くわけがない。と同時に、俵藤が消えたら、ますます松坂も出てこない。むしろ身軽になった気持ちで、危ない橋を渡りまくるだろうことが想像できるだけに、鬼塚もこれが精いっぱい。苦肉の策というものだった。

「俵藤様。お電話が入っておりますが、お部屋にお繋ぎいたしますか？　それともこちらで」

俵藤一行がマンデリン台北でチェックインをしているときだった。

エグゼクティブフロア専用のフロントで受付をしていると、受話器を手にしたフロントマネージャーから声をかけられる。

「あ…」

「なら、ここで！」

俵藤が答える間もなく、お付きの一人が声を上げた。

「俵藤の兄貴、頼みますよ。後生ですから、松坂さんだったら、戻ってくるように説得してくださいね」

「わかってるよ」

「本当に、本当に頼みますよ」

「わかったって」

受話器を持った俵藤を、舎弟四人がガッツリと囲む。

相手が刑務所にまで付き合うような側近・松坂だけに、どんなに俵藤から離れても動向は見守っている。きっと今だって、どこからか様子を窺い、わざとフロントに電話してきたに違いない。

そう踏んだ舎弟たちは、電話の相手が絶対に松坂だと信じて、俵藤の対応に耳を傾けている。

「もしもし。俺だが、松坂か？」

俵藤も諦《あきら》めたのか、松坂を名指しだ。

〝いえ、ご無沙汰しております。ブラックバンクの荒屋敷です。ご出所されたと聞いたので、ご

自宅のほうに伺ったのですが、お留守だったもので勝手に追跡をかけさせていただきました。こ
返済の件で、ぜひご相談を〃
しかし、それだけに電話の向こうから聞こえてきた荒屋敷の肩書やその用件に、舎弟たちは全員揃って固まった。俵藤は身体をずらして、あえて舎弟たちに背中を向けて対応する。
「だからって、こんなところまで電話をしてくるな。俺に恥をかかせる気か」
〝すみませんね。でも、こちらも仕事ですから〃
さすがにこの内容だけに、舎弟たちも動揺が隠せない。
他のことならともかく、これは聞き耳を立てたら、俵藤に恥をかかせる。百歩譲ってこの電話に耳を傾けていいのは、総長・鬼塚ぐらいだろう。が、鬼塚だって遠慮するはずだ。
それぐらい、この電話に関しては、耳を逸らすしかない内容だ。
「わかってる。それで、相談ってなんだ？　多少は融通してくれるのか？」
〝ようやくお人払いができたようですね。すみません、本当に恥をかかせてしまって。ただ、このフロント回線は盗聴対策もバッチリなので、安心して内容だけ確認しておいてください〃
もちろん、それがわかっているから、荒屋敷は堂々と取り立てを装った。
「利息が十一《といち》なのは、言われなくてもわかってるぞ」
俵藤も話を合わせて、うっとうしそうな対応をする。
〝話は伺いました。いろいろ大変そうなので、お手伝いに参じました。昨日、松坂さんともお会いして、しばらく俺が代わりに動くことになりました。なので、ご不自由でしょうが俺の安全の

ために も、大人しく待機していてください〟

「七年放置してたことも、充分承知してる」

やはり、マフィアも黙るブラックバンクは伊達《だて》ではない。

俵藤は感心しながらも、笑えない。

〝それから松坂さんのほうは、うちの台北支社長が責任もってお預かりし、サポートもしてます。支社を通して日本との連絡はいつでもできますが、磐田会のほうには知らぬ存ぜぬで通してますので、例のブツに関してもできる限り調べておきます。あとは、今日のような形で恐縮かとは思いますが、定期的にご報告も入れますので。今だけは忍の一字でお願いしますね〟

「わかった。とにかく今は手が離せない。帰ったら連絡する。じゃあな」

知りたいことが知れて、安心して電話を切ったまではいいが、背後では真に受けた舎弟たちが雁首《がんくび》揃えて青ざめている。

「ひょ…俵藤さん。今のは」

「忘れろ」

「しかし、あそこ相手に七年放置って…」

だが、それもそのはずだ。ブラックバンク十一ルールは、実際縁のない舎弟たちでも知っている。仮に最低金額の一億を借り入れ、一ヶ月放置したら、利息だけでも三千三百十万取られる計算だ。それが七年放置と聞いたら、もはや利息の計算ができない。できたとしても、恐ろしくて、誰一人しようとはしないぐらいだ。

「言ったことが理解できねぇ頭なら、かち割ってやるぞ」

俵藤は、思わぬところで松坂の様子が窺え、荒屋敷というサポーターが得られたこともわかったが、代わりにお付きの舎弟たちから完全に笑顔を奪うことになった。

「いいえ、はい。わかりました」

そう言って引きはしたが、今度は四人で何やらコソコソと相談し始めている。

『あいつら、絶対鬼塚に言うな。聞いたら鬼塚のことだ。すぐに嘘だとばれるだけじゃなく、荒屋敷との繋がりまで嗅ぎつけそうだが…。まぁ、さすがにそれまでには、この件もカタがついてるか』

今日から俵藤が軟禁されるマンデリン台北のエグゼクティブスイートは、台北プレジデントのそれに負けない広さと豪華さがあり、その上安心して過ごせるのだから居心地よい。

だが、肩を寄せ合い、頭を抱え始めた四人が、ここでは部屋の空気をよどませている。

どうやら、いつ取り立てが来るのか予想し始めたようだ。こうなると、李家の敵襲など気にしちゃいない。すっかり意識がブラックバンクへいってしまっている。

『それにしたって松坂の奴。いくら人手が欲しいからって荒屋敷を巻き込むか？　この状況の人選としては間違ってないが、だとしてもあいつはブラックバンクの人間だ。今以上に話が大きくなりかねないぞ』

せっかくホッと一息つけるのだから、勝手に悩んでいる四人を気にしたところで仕方がない。

俵藤は備えつけの冷蔵庫からシャンパンを取り出すと、一人でリビングに寛ぎ、乾杯の真似事をした。

『ま、元気そうな声が聞けたからいいけどよ』

久しぶりに心からの笑みが浮かんでいた。それを見た舎弟たちが何を想像し、更に困惑したかは謎だが、今日の俵藤はとにかく気分がよかった。

預けた金が何十倍にもなって帰って来たことより、三途《さんず》の川を渡ったと思った男が帰ってきたことのほうが、何百倍も嬉しかったから。


一方、突然俵藤に動かれた景虎は、これまでになく神経を高ぶらせていた。

「荒屋敷が現れたと思ったら、俵藤がマンデリン台北へ移った。これは偶然か？　それとも選手交代ってことか？　両方とも日本からの視察、やはり鬼塚の手の者だったのか？」

他のことならいざ知らず。すでに桃李を荒屋敷に向かわせてしまった手前、この続け様の動きには、気が気でなかったのだろう。

今日に限っては、桃李と共に翔英の部屋に出向いてまで酒を飲んでいる。

いつもは宥める側なのに、翔英から「そう苛つくなって」と声をかけられる始末だ。

「実際の繋がりはどうだかはわからないが、俵藤がプレジデント系列の優良株主なのも荒屋敷がブラックバンクの幹部なのも事実だ。そしてどちらの背後にも、俺たちとしては敵にはしたくない人物がいる。が、最終的に敵にしたくないのは園城寺。いや、ブラックバンクだけだ」

翔英は、空になったグラスに酒を注ぐと、景虎に「ほら」と勧める。

「しかし、その〝トップの座を狙えるほどの位置にいる男〟を、今は桃李が抱き込んでいる。聞けば奴は桃李に夢中だそうじゃないか。何をそんなに心配する必要がある」

荒屋敷が桃李のために寝室を花で飾ったことは、いつの間にか翔英の耳にも入っていた。

そうでなくとも初日にＶＩＰカジノのエレベーターフロアで、派手に揉めた事実もある。

どんなに桃李が口を噤《つぐ》んでいたところで、それを見ていた客たちの口に戸は立てられない。

翔英にしてみれば、誰がどう見ても荒屋敷が桃李に熱を上げているのがわかる状態で、いったい景虎は何が心配なのだろうと感じたのかもしれない。

「もっとも、お前ほどの用心深さがあれば、向こうの奴らもこう何度も失敗の報告はしてこないんだろうがな」

まるで、こちらに比べたら心配するほどのことじゃないと言いたげに、飲みかけのグラスを空にする。が、景虎は翔英の話に眉をひそめた。

「向こうの奴らって？」

「私が現地の実行部隊として雇った日本の播磨組の連中《ヤクザ》さ。中にはデッドゾーンをちらつかせれば、なんでもするって奴らがいるからな。使わなきゃ損だろう」

「いつ、そんな奴らの手配をしたんだ？」

「新たな小隊を送り込むのは容易《たやす》いが、今は中国人だっていうだけで、鬼塚の警戒対象になるからな。それなりに考えるさ」

いつの間にと思うような話に、桃李も無言で身を乗り出した。

「ただ、そうはいっても、しょせんは金で動く奴らだ。豊島《とよしま》会長の息子を拉致しながら、上手く使えないまま始末するなんて失態を平気でやらかすし。今は代わりに孫のほうを抱え込んで、現在作戦を進行中だとは聞いたが、この調子で奴らに豊島会長か鬼塚賢吾のいずれかを始末できるのかどうかは怪しい。ま、それでも豊島側には威嚇になるし、鬼塚たちの目をいっとき国内に向けるぐらいのことはできるだろうが」

どうやら翔英は鬼塚率いる磐田会だけでなく、景虎相手に土地の売却をごねている豊島建設の会長に対しても一石を投じていたようだ。

だが、これに関して景虎は、「自分の知らないところで勝手なことをされても」と憤慨した。

そうでなくとも表裏への攻撃は二分していても、名前を公にしているのは李家のほうだ。

翔英が鬼塚相手にどんな手を打つのかは逐一聞いているが、そこから先に新たな組織が関与する。その者たちが起こす勝手な行動にまで、李家は責任を負えないと訴えたのだ。

「別に、あいつらはあいつらで責任を持つさ。もともと鬼塚とは相性も悪い。こちらが頼まなくても、隙あらばという状態だ。ただ、それでもあいつらの勝手な行動がお前の戦略に支障をきたすというなら、今後は逐一予定や結果を報告させよう。期待はずれで責任の取りようもないなんて話も出てくるだろうがな」

翔英は、それならとすぐに相手に指示し、景虎への報告も義務づけることを約束した。

景虎は一応納得するも、それでも面倒そうな素振りを見せる。

「なんにしても、必要があれば私はいつでも表へ出る。劉の名を豊島や鬼塚に突きつける。だからそこは――」

話が進むうちに、翔英の携帯電話にメールが入った。翔英が景虎と一緒にいるときでも、これを確認する相手からの着信音はいつも一緒で、特定の人物に限られている。

「すまない。悪いがマカオに戻らなくては」

「呼び出しか？」

「さすがに代わり映えしない報告ばかりしていたから、お冠みたいだ。こっちからいい知らせが来ないから、またカジノで負けたと、取ってつけたような言い訳まで書いてある」

翔英を動かすメールの内容は、大概同じパターンだ。

景虎は話を聞くと、先ほどの播磨組の件以上に語尾をきつくし、憤慨を露わにする。

「それでまた、金を都合しろって？　甘えすぎじゃないのか」

「そう言うな。あれでも一応私の父親だ。育ててもらった覚えはないが、持ちつ持たれつで、こっちが政府筋に働いてもらうこともある」

翔英が相手の素性を景虎に明かしたのは、行動を共にするようになって半年が過ぎた頃、この夏ぐらいのことだ。

「百回に一回ぐらいか？」

「千回に一回ぐらいかもしれないな」

チャイニーズマフィアの龍頭《ボス》を相手に無理難題が言えるのは、一部の人間に限られている。

それだけに、相手が〝政府の高級官僚〟だろうことは、景虎にもすぐに想像がついた。

さすがに血の繋がった実親だと明かされたときには驚愕したが、それでも相手からそんな情を感じたことは一度もない。

「それを笑って言える、お前の気が知れない」

「私も時々そう思う」

翔英の母親は香港の高級娼婦。

一人で翔英を産んで育てて、先代の劉龍頭に見初《みそ》められて正妻の座に納まった。

自分の血にこだわることなく連れ子だった翔英を跡目に据えた先代龍頭からは、景虎も翔英への情を感じるし、人となりに敬愛も持てる。

だが、娼婦に子供を産ませておきながら、自分は良家の娘を嫁にし、確固たる地位を築いた男に、景虎は尊敬を感じない。その上、実の子供がマフィアの龍頭になっていたことに、政治生命への危機感を覚えるより、当然のように利用価値を見出《みいだ》す男が政府に携わっているのかと思えば、幻滅を超えて失望さえ覚える。

「それより荒屋敷のほうをしっかりと押さえておいてくれよ。豊島や鬼塚の動向も目が離せない。頼むぞ、景虎」

「ああ」

それでも、景虎があえてこの話を聞くだけに止めているのは、翔英に実父への執着を感じるから。すでに育ての父も実母も他界している翔英にとって、どんなに私利私欲のために息子を利用し、金をむしり取るだけの存在であっても、唯一の肉親。そこに翔英がなんらかの情を持っている限り、他人がとやかく言えることではない。だから、決して重い足取りで去ることがない翔英を、景虎はいつもの返事で見送ることしかできない。

「翔英は、なんのために稼いでいるだろうか」

翔英が、お付きの者たちと部屋から出てると、桃李はふと疑問を漏らした。

「さあな。こればかりは、本人にもわからないかもしれないな。少なくとも、好きな車が欲しいから…なんて理由ではないと思うが」

翔英が自身の縄張りで稼ぐ以上に円を求める理由。その本心がどこにあるのかは、景虎も未だに聞いたことがない。

聞けばこの同盟も終わる――そんな気がして、あえて聞こうとは思わないのだ。

「それにしても俵藤、そして凱克。偶然なのか、必然なのか」

それより今は目先のことだ。桃李は景虎相手に話をもとに戻した。

「たとえ必然だとして、問題は奴らの狙いだ。いったいなんのために飛龍《フェイロン》を訪ねてきたのか、そこをはっきりしないことにはな。日本への侵略。飛龍を主犯と決めて命を取りに来たのか、それとも、そんなはずはないと信じて来たのか。まずはそこを探らないと」

同じ目的を持って協力し合う景虎と翔英。

だが、その目的へ向かう意味、理由となると個々に内容が違うようだ。

「ん。あ、そうだ。こうなったら私が一度、俵藤氏のところへ行ってみようかと思うんだけど。

松平社長から頼まれていた件もあるし、今ならこちらに不備があったのかどうかっていうのを口実にして、お詫びがてら様子ぐらいは窺えると思うんだ」

景虎と桃李の気がかりは、いつも飛龍という存在の上にある。

それになんの意味があるのかは、景虎と桃李、そして限られた側近たちしか知りようもない。

「そうだな。お前が行く分には、相手も油断するだろうし。ただ、何度も言うが、無茶はするなよ。俺もそうだが、焦りは禁物だ。余計な犠牲を増やしかねないからな」

「わかってる」

「じゃ、頼んだぞ」

話を一段落させると、桃李はすぐに席を立って、行動に移した。

ホテルに訪れたときから、その目的が怪しまれ、終始監視対象になっていた俵藤。

桃李は、彼が突然滞在予定を変更し、近隣のホテルへ移動したことをわざと理由にし、初めて一歩深く踏み込んだ。

VIPカジノで何度か接客していた面識だけを頼りに、彼の新しい部屋を訪ねて、

「このたびの移動、ホテル側に何か失礼があってのことでしたら、おっしゃっていただけますか？　誠心誠意、お詫びさせていただきたいのです」

真摯《しんし》に頭を下げるも、驚くようなあしらいを受けて玉砕をした。

『――――信じられない。ホテルを替わった理由が、借金取りから逃げてるって、どんな冗談？　工面してる最中だから待てと言ってるのに、あんまりしつこいから日本からも逃げてきたって？

同じ場所に長くいると、必ず突き止めてくるから、それを危惧してホテルも移っただけだから、ホテル側に不備はない。だから気にしないでいいって、本気？　私は、俵藤氏にからかわれたんだろうか？』

豪快に、それでいてどこか艶やかな笑みを浮かべて事情を話した俵藤は、桃李がカジノで接客したときとまったく印象を変えていなかった。

その性格は遊び方にも表れており、勝っても負けても楽しんだというアピールを店側にしっかりとしてくれるタイプだ。真にマナーのよい上客であり、ギャンブラーだ。

『もしくは、完全に舐められた？』

だが、そんな俵藤が桃李の想像もしなかった理由で居場所を替えていると言うのだから、すぐには信じることができなかった。

それなのに、頭ごなしに「そんなの嘘だ」とも思えなかったのは、常に彼と行動を共にしていた見覚えのある男たちが、揃いも揃って本気で苦笑いをしていたから。まるで、これ以上は聞かないでやってくれ、主の面子を少しでも立ててやってくれと言わんばかりだったからだ。

『でも、仮に俵藤氏の言う借金取りがブラックバンクだったら？　凱克だったら何もかもつじつまが合う。凱克がうちのホテルに来たことも、凱克が来た途端に俵藤氏が移動したことも。そういえば俵藤氏、凱克が来るまでは毎晩カジノで遊んでいたのに…、凱克が来てからは部屋から一歩も出なくなった。これって、顔を合わせたらまずいってことで籠もってたっていうの？』

そう、荒屋敷と俵藤の話を真に受けた舎弟たちのために、俵藤がついた嘘は、馬鹿馬鹿しいほど信憑性を増していた。その上荒屋敷という借金取りの存在があるものだから、桃李はもしかしたら根底から二人を疑いすぎてしまったのかと、思い始めた。

『なんだか、鬼塚の回し者でどうこうって言うより、すごくリアルなんだけど。こっちの、説明のほうが…。それこそ俵藤氏が飛龍に会いに来たのが金策の一環で、凱克が会いに来たのが、俵藤氏を匿ってないか…って話だったら、何もかも納得できるし。これって景虎に報告するべきなのかな？』

カジノで大金を使うようなＶＩＰ客だからこそ、ブラックバンクにとっても上客になる。たとえ取り立てから逃げているときでも、当然のようにＶＩＰな生活を維持している。

そんな図式があまりにピタリとはまってしまい、桃李は悩みすぎる前に景虎に電話を入れた。

さすがにこの報告には景虎も拍子抜けしたようだが、景虎の目からも見ても「それはごまかされたんだろう」と言い切れなくて、この件に関しては、もう少し様子を見よう。そして、もしも本当に俵藤が荒屋敷から取り立てにあっているなら、赤坂プレジデントの松平にも相談し、多少でも和解の手助けができるように努力してみようと、かなり真面目な対応を検討し始めてしまった。

『やっぱり景虎も唖然としてた感じだな、そりゃそうだよな――――まさかこんな話って感じだし。あれ、凱克？』

ただ、そんな報告を終えて、桃李がホテルに戻ろうとしたときだった。

街中を猛進する荒屋敷の後ろ姿を見かけて、桃李はついあとを追った。

『仕事…なのかな…？　こんな裏路地に、凱克が取り立てに行くような相手がいるとは思えないけど…』

何度か声をかけようとして、かけそびれる。

尾行するつもりはなかったが、形としてはそうなってしまった。

『ここって…⁉』

そして、すっかり太陽が沈み、月が夜空を照らし始めた時刻。桃李の目の前で荒屋敷が向かったのは、路地裏にひっそりと建つビジネスホテル――――そう見せかけた娼館だ。

「嬉しい。約束守ってくれて。月が出るたびに待ってたのよ、あんたのこと」

荒屋敷が訪ねると、中からはグラマーな女が姿を現し、喜び勇んで荒屋敷に抱きついた。

その頬に頬を合わせ、キスもする。

「そうか――――⁉」

その姿をあまりに凝視してしまったためか、荒屋敷が強い視線に気づいた。

ふいに後ろを振り返り、呆然とする桃李の姿をその目に映した。

「っ‼」

夜目ではあったが、二人は完全に目と目が合って、お互い息を呑んだのもわかった。

「さ、早く。今夜はうんとサービスするから」

「――――っ。ああ」

桃李に至っては、今にも心臓が止まりそうだった。

それなのに、荒屋敷は女性に腕を引かれて館へと入っていく。

いくつもの暗い窓が並ぶ一つに灯りが点ると、カーテン越しに浮かび上がった男女の姿に、桃李は瞬きさえできずに目を見開いた。

『凱克…。どうして？　これは、やっぱり女性のほうがいいってこと？』

甘え、喜ぶ女の手にかかり、荒屋敷の衣類が脱がされていくのがわかる。

『私の前では一度だって肌を見せたことがないのに。なのに、そこではそうして肌を、あなたのすべてを晒すの？』

衝撃が続きすぎて、瞬きさえできない。

『いや、そんなはずない。彼が、なんの目的もなく、こんな場所に来るとは考えづらい。そもそも台北にも仕事で来てるって言ってたし。もしかして、あの女性が負債者を匿っているとか、行方を知っているとか、そういうことかもしれないし。いっそ、俵藤氏ならマンデリン台北にいますって言ったら、部屋から飛び出してくるかもしれない？』

どんなに甘い言葉で口説いてきても、熱く激しく抱いてきても、やはり彼の行為は社交辞令だったのだろうか？

単に景虎からの貢ぎ物に喜んでみせ、滞在中はありがたく遊ばせてもらうと感謝を伝えるために表現した過激なパフォーマンスだったのだろうか？

『――――何馬鹿なことを考えてんだろう。どうかしてる…、私は。彼に会ってから、彼に抱かれてから、やっぱり変だ』

だとしても、桃李が悲しむ理由はどこにもない。

まるで裏切られたように感じるのも、この場合不自然だ。

なぜなら、桃李は荒屋敷に取り入るために身を投げた。

そもそも景虎との繋ぎを確固たるものにし、何かのときには彼を李家のために役立てるようにすることを目的にして、毎晩彼に抱かれた。

まるで何年も前からこうしているような錯覚を受けるほど、荒屋敷に抱かれて、朝を迎えた。

しかし、それはすべて使命だ。自らに課した仕事に過ぎない。

『こんなときは、わざと怒ったり、拗ねてみせるべき？　それとも見なかったことにするのが正しいの？　その場限りの婬欲相手としたら、どう対応することが正しいんだろう？』

桃李は、どうにか身体を動かしその場を離れると、その後は自宅に戻ってベッドへもぐった。

こんなときに限って部屋に染みついているオリエンタルレッドの香りに苛《さいな》まれたが、それでもこの香りのおかげで荒屋敷の香りを思い起こさない。懐かしんだり、求めたりすることがないことに、皮肉なぐらい感謝を覚えた。

瞼を閉じても眠れない。そんな夜を一人で過ごしながら――――。

＊＊＊

翌朝、荒屋敷は一夜を明かすことになった娼館をあとにした。

その足でＪＣＣの台北支店へ向かった。

「ちまたで聞いたところ、この辺りにデッドゾーンが流れ始めたのは春頃からだそうです。これまで、この手のものが流行ったことがなかった土地なので、関係者の話がぶれることもありません。まず間違いないでしょう。そして、それまでは月に一度はホテルないしＶＩＰカジノに顔を出していた飛龍が、まったく現れなくなったのもこの頃からです。なので、景虎が飛龍に取って代わった原因の一つに、デッドゾーンが関係していることは間違いないかと」

松坂と遠埜が揃う密室で、ここ数日に集めた情報を自分なりに分析、データとしてまとめて報告していく。

「そうすると、飛龍の暴走説は消えるな。そのために景虎が飛龍をどうこうしたっていうなら、未だにデッドゾーンがちまたで溢れているのはおかしい。景虎の手で回収されているはずだ」

「はい。あまりに大量に出回って、短期では回収不可能だっていうなら別ですが。それにしたって半年以上もあれば、多少は流れが鈍くなってもいいでしょう。どんなに龍頭が代わったところで、それぐらいの力は李家にあるはずですし――。けど、今もってデッドゾーンは流行中です。それも、糖分で量増ししたようなお粗末なものがね」

そうしてスーツのポケットに忍ばせてきた小さな包み紙を取り出すと、それを広げて松坂や遠埜に見せる。

「糖分で量増し？」

「ええ。そもそもこいつは飲用か吸入で使う媚薬ですから。ここで流行る以前にオリジナルを使った経験がなければ、薄められていても、違いに気づくことがない。それに、量増しされたことで一番の売りである超・即効性が消えたとしても、催淫効果そのものが発揮されないわけじゃないから、買った側も〝これはこういうもんだ〟と納得しています。言い方は変ですが、景虎のがめつさとせこさが、これの新たな効き目と使い方を生んだと思ってもいい。なんにしても、荒稼ぎに荒稼ぎを上乗せしてるってことですがね」

包みの中から現れたのは、ここで手に入れたデッドゾーン。言い換えれば、ここでしか手に入らないデッドゾーン。至高のとは言い難い、どこかゆるい媚薬だ。

「私のほうは、李家の財政状況と土地購入について調べてみました。もともと先祖代々の親日家ということもあって、以前から横浜《よこはま》の中華街をはじめ、国内に多数の土地や店は持っています。ただ、銀座や池袋に絞って買い叩くようになったのは四月頃から。薬で多少の金を作ってから買いに走ったとも考えられます」

そんな荒屋敷の報告を聞くと、今度は遠埜が調査詳細の書かれたレポートを出してきた。

「ただ、そのわりにここ半年、収入の要になっているはずのホテル経営に、落ち込みが出ているようです。飛龍に取って代わってはみたものの、何もかもが上手くいくということではないと思いますが…。そういう意味でも稼げるネタは欠かせない、円で補えればと欲を出した…。そう考えると、一連の悪行は景虎の仕業だと断定してもいいんじゃないかと思えます」

どこでどう調べるのか、遠埜が二人に見せたレポートには、いつか景虎が溜息をついたものと内容を同じくする集計やグラフが記されている。

「一通り、裏は取れたってことか。さすがにこの状況で、実は飛龍と景虎が結託してっていうのは、考えづらいしな」

「唯一引っかかるのが、兄弟仲のよさなんで、二人の結託説も捨てきれないんですがね。けど、それをするなら、わざわざ飛龍が姿を消す必要があるのかって思うし。ここまで派手に金や薬が絡んでいたら、兄弟仲なんて壊れていても不思議がない。それに…」

かなり納得している松坂と意見を合わせるも、荒屋敷はふと桃李の姿を思い浮かべた。

これだけ調べても、飛龍と景虎の不仲説は耳にすることがなかった。ならば、兄弟仲に亀裂が走ったのは、桃李を奪い合った結果とは考えられないだろうか？　と。

「何か思い当たるのか？」

「いえ、思い違いでした」

しかし、それはすぐに「ない」と気づいた。それなら飛龍から奪った桃李を、景虎がわざわざ荒屋敷に寄こすのはおかしい。この仮説は成り立たない。

しかも、これまでのやりとりだけで考えるならば、桃李が飛龍と景虎の交代劇の詳細を知らないことはまずないだろう。桃李はかなり近い場所で景虎が飛龍に取って代わったことを目撃し、そして理解している。場合によっては、龍頭が代わることを受け入れ、認めて、手助けしたことだってありえるはずだ。

こうなると、今の李家が景虎の独断だけでできあがったと考えるのも、また危険だ。

少なくとも景虎に賛同者がいておかしくない。組織的に飛龍を抹殺したとも考えられる。

荒屋敷の頭の中は仮説と可能性が溢れていて、今にも爆発しそうだ。

「そっか。なんにしてもこうなると、あとは飛龍の生死だな」

「すでに殺られているのか、それともどこかに幽閉でもされているのか」

それでも、必要な情報と事実は絞り込んでいかなければならない。

松坂と遠埜が言うように、やはり一番のネックは飛龍の安否だろう。

「一番の焦点ですね。誰に聞いても、飛龍は一族思いで優秀な男だったとしか答えない。飛龍の名前で動かせる、または動く関係機関も少なくなかったはずですし。それでわざと死亡を隠している可能性もあれば、逆に今後も使える者として生かしている可能性もある。こればかりは、景虎の価値観一つです」

一方的に戦争をふっかけられた磐田会が、この先李家と争いになるのは免れない。ここは何があっても動かないところだ。やられたまま黙っているほど鬼塚もやわではない。最低でも二倍、三倍にして返さなければ、気がすまないし示しもつかないところだ。

しかし、だからこそ今のうちに飛龍の安否を確認しておかなければ、今後の戦況にかかわってくる。勝敗の行方さえ変えかねない危険が伴うのだ。

「ところで松坂さん。鬼塚総長って人は、友人一人のためにどこまで自分を犠牲にできる人ですか？」

「友人の例は知らないが、舎弟一人を救うために、一人で敵陣に乗り込んだ実例なら何度かあるな。一回じゃないってところが、舎弟泣かせな親分だ。たぶん、今も直ってないだろうな。ああいうところは」

「そうですか。ちなみにうちの園城寺は、自分がバンクから借り入れても、出すときは出す男です。稼ぐのも人一倍ですが、使うのも人一倍なもので」

なぜなら、荒屋敷が「やっぱり」と苦笑いしてしまうほど、鬼塚は友を見殺しにできない男だ。

荒屋敷の上司・園城寺にしてもそれは同じだ。

「男前ですね、どちらのトップも。けど、景虎がそこまで飛龍の友人関係を理解しているかどうかは別として、いざってときに命を楯に取られたら、そうとう厄介ってことだ。命も金も惜しみない友人たちなんて」

「そういうことになるな」

しかも、この辺りの価値観や男気は、きっとこの場にいる者たちも共通だろう。

松坂も遠埜も、そして荒屋敷も。すでに友のために命を懸けたことのある経験者ばかりだ。

となれば、鬼塚を慕う側近たちも右に倣《なら》えで。それがあるから、誰もが戦いの最中に〝飛龍を人質に取られる〟という最悪な事態だけは避けたいと願っていた。

すでに景虎の手にかかっているというなら、どうすることもできないが。生きているなら今のうちに、景虎と真っ向から争う前に救出したいと――――。

「荒屋敷。例の繋ぎから、飛龍の生死を聞き出すことはできるか？　俵藤さんが安泰なら、多少時間がかかっても、はっきりさせたいところだ」

荒屋敷は、松坂に問われると、やはり桃李の口を割るしかないかと腹を据えた。

どんなに口説こうが、激しく攻めようが、桃李が自分に陥落しているとは思えない。

未だにどこまでが本気で、どこまでが接待なのかわからないところがある。

これほど荒屋敷を悩ませている相手は、桃李が初めてだ。

それなのに、昨夜荒屋敷は娼館に入るところを桃李に目撃されてしまった。

女に抱きつかれてキスをされ、それさえ避けずにいたところを見られたのだから、絶体絶命だった。これを起死回生できるかどうかは、当たって砕けてみなければわからない。

「やれるだけやってみます。ただし、ちょっと怒らせたんで、次に会ってもらうのには、土下座の一つもいりそうですけどね」

しかも、あんな姿を見られて蔑《さげす》まれるならともかく、裏切られたという顔をしてみせた桃李が荒屋敷には衝撃的だった。

どんな罵倒や悪態をつかれるより、夜空に浮かぶ星や月より潤んで光った双眸《そうぼう》を向けられたことが、荒屋敷には致命的だった。

あれが本心からなら、荒屋敷は根本的に桃李という人物をはかり違えていたと思う。

しかし、景虎のために荒屋敷を捕らえておくための手立ての一つ、すべてが芝居だというならしばらくは人間不信になりそうだ。

それほど、桃李は何かにつけて荒屋敷に衝撃を与える。本気で悩ませる。

「土下座？　お前が？」

「本当、柄にもないことをするんじゃなかったです。ラブコネクションは命懸けです」

桃李を景虎から紹介されたときには、もっと気楽に構えていた。

すでに探り合いかもしれない、こうなったら本気で惚れさせて自分が優位に立つぞと意気込んだ辺りも、今に比べればまだ楽だっただろう。

「とにかく、最前を尽くしますけどね」

荒屋敷は、ここからどうやって桃李をと思うと、最後は誠意しか残っていない気がした。

駆け引きなしで歩み寄り、お互い本音でぶつかるしかない。そんな気がした。

『だから、返事ぐらいしてくれよ。電源切るなって。はーっ』

ただし、それはそこに至るまでの接触や会話を桃李が受け入れてくれたらの話であって、メールも電話も一切無視され続けている今、荒屋敷には前途多難の文字しか浮かばなかった。


これを職務放棄というのかどうかはわからないが、桃李は今朝からずっと荒屋敷を無視していた。

電話がきても無視。メールがきても無視。

自分がどれほど子供じみたことをしているのかはわかっていた。

だから、大人げない行動をしている自分に落ち込み始めると、今度はもとを絶つように携帯電話の電源を切った。自宅電話にはメイドに居留守を頼み、ホテルにかかってきても社用で出られないに徹し、気がつけば荒屋敷を無視することだけに神経を使って夜になっていたほどだ。

一日中、彼のことしか考えていない。

「翔英から連絡が来た。播磨組の連中が豊島の孫を使って鬼塚のイロから捕らえようとして失敗したらしい。どうせ狙うならストレートに鬼塚本人を狙えばいいものを、イロなんか狙った日には激情を煽るだけだろうに」

それなのに、桃李が個人的なことでもやもやしている間も、日本では事が進んでいた。

「ま、その分しばらくは鬼塚の目が播磨に向けられる。翔英の言う、いっとき国内に目が向く状態になるかもしれないが。なんにしても、使えない連中だ。翔英のイライラが増えることは間違いないいな」

翔英どころか景虎までイライラしているのがわかる。翔英が播磨組を介入させたことで、計画外のことが続いて、景虎は特に疲れが出始めている。

「どうした桃李?」

しかし、そんなときでも景虎は、桃李を気にかけることを忘れていなかった。

社長室のソファに座ってぼんやりしていた桃李に、すかさず声をかけてくる。

「っ、なんでも…」

「荒屋敷と何かあったのか?」

「何も。何もないから、進展もないけど」

理由もすべてお見通しだった。

桃李は、荒屋敷という一見マメそうに見えて、実は荒削りという男を知ってから、いかに景虎が事細かく自分を見て、またフォローしていたかに気がついた。

「まさか、奴に本気になったのか？」

「そんなはずないでしょう。敵か味方かもまだわからないのに」

いつでも気遣い、優しく接してくれる景虎。

それなのに、桃李は今この瞬間、どうしてか荒屋敷に会いたいと感じた。

抱きしめられてキスをされ、彼の腕の中で眠りたいと切なくなった。

「それに、たとえ味方だとわかったとしても――――…。もう、変なこと言わせないでよ、景虎。考えるだけ無駄だよ」

初めから惹かれてはいけない相手だということはわかっていた。

どんなに相手に取り入り、気に入られることが目的や役割であっても、それは愛人以下。あくまでも桃李は、求められたら相手をする。荒屋敷がこの地に訪れたときにだけ接待をする。ときには恋人同士のような真似事もするだろうが、結局は真似事で終わる程度の存在だ。

「それより、そろそろ時間だから、行ってくるね。少しでも売上げられるように、カジノのほうも頑張らなきゃ」

「――――…桃李」

これなら、自ら足を運んで買い求められる娼婦のほうが、よほど荒屋敷に大事にされ、また愛されている気がした。

快感だけを求めるのではなく、しっかりと肌と肌を重ねて愛し合ったのだろう、昨夜の女性のほうが、荒屋敷の恋人のようにも見えた。

『そう。たとえ彼が敵であっても、味方であっても、この気持ちはどうなるものじゃない。それに、今は、こんなことに気持ちを持って行かれている場合でもない』

桃李は荒屋敷と出会い、共に味わう愉悦を知ってから、同じような浮き沈みばかり繰り返していた。

これがいいことだとは思っていないし、職務怠慢や放棄はもっと最悪だとも思う。

『東京では翔英の手配で播磨組が動いている。一度失敗したとはいえ、また何かするはずだ。さすがに鬼塚も、これ以上黙ってはいないはず。凱克のことばかり、気にかけている場合じゃない』

だから、どこかで吹っ切らなければと決めていた。

次に荒屋敷と顔を合わせたら、もっと大人でクールで、彼がたとえてくれた花のように、凛としていなければと決めていた。

「サシで勝負したいんだが、受けてもらえるか？」

そうして、待っていたかのように桃李の前に荒屋敷が現れたのは、ＶＩＰカジノの接客に入ってすぐのことだった。

荒屋敷は桃李がブラックジャックのテーブルにスタンバイすると、高額チップが山ほど入ったコインケースを差し出した。

「上限は一千万円までになりますが、よろしいですか？」

桃李は、彼に最初に接したときの感覚を思い起こして、やりすごそうとした。

「構わない。ただ、俺が勝ったら、仕事終わりに会ってほしい。話がある」

「それは、お断りします。支払いは店側がするものであって、ディーラー個人が背負うものではありませんので」

相変わらず強引な誘いだった。桃李は気持ちが揺らがないよう、カードをシャッフルすることに集中した。

「なら、ゲームがてらでいいから、聞かせてほしい。どうして俺を避けている？　電話を入れたところで無視されたら意味がない。メールにしたって返信がなければ一方通行だ」

荒屋敷が話し始めるも、テーブルにカードを配っていく。

「何かとお忙しそうに見えたので、気を遣ったつもりなんですが」

「桃李。俺が仕事でここに来たと言ったことを忘れるなよ。俺は仕事があるところなら、どんな場所にも行く。相手が誰であろうが、それは変わらない。この前だってそうだ」

話に必死な荒屋敷が、まともに自分のカードを見ているとは思えない。

しかし、ここは勝負。桃李は決して手抜きはしなかった。

「それは大変、いいお仕事ですね。ブラックジャック――――私の勝ちです」

「っ！」

最高の手札を引いてきて、荒屋敷の目を覚ます。

たった一度のゲームで荒屋敷の負けは一千万だ。

「今夜はおやめになったほうがいいかもしれませんよ。私、負ける気がしません」

社費の乱用か自腹かはわからないが、決して安くない。桃李はこれ以上無駄なゲームはしないほうがいいと勧めた。

「終わったんなら、代わってくれないか？　私は彼に会うためにここまで来たんだが」

すると、荒屋敷の背後にどこかの国の紳士が立った。コインケースを抱えた彼は、どうやら桃李との会話を楽しみたいだけに、サシでのゲームを望んでいるようだ。

しかし、

「これでうせろ。こっちの話はまだ終わってないんだ」

本気でうっとうしかったのだろう。荒屋敷はタキシードの内ポケットから黒帯がついた百万円の束を出すと、相手のコインケースに叩きつけた。

「失礼。こちらはご辞退します、どうぞごゆっくり」

瞬時に男が引いたのは、出された金額に臆したからでも満足したからでもない。

札を束ねた帯が黒だったから――――手にした瞬間から十一の利息がつくだろうブラックバンクの金だったからだ。

『なんて、大人げない…』

さすがにそのやりとりを見ると、周りで見学していた紳士淑女も退散した。

今夜の荒屋敷は、完全に店側にとっては、迷惑な客に成り下がっている。

『マフィアが経営するカジノで…。本当、怖いもの知らずなんだから』

だが、その後もゲームは繰り返されて、荒屋敷は桃李に負け続けた。

「あのときは、確かに女の部屋に入った。だが、やましいことはしてない。相手の商売が商売だし、そうとう本気で誘われたが、きっちり断った。ただ、それで女のプライドを傷つけた分、仕事が長引いた。聞きたいことがあったんだが、なかなか教えてもらえずに梃摺った。それで朝帰りになっただけだ」

先日の言い訳をしながらも、チップの入ったケースの中身はどんどん寂しいものになっていく。

「信じる、信じないは勝手だが、俺は景虎とお前の関係はちゃんと信じたぞ。誤解だとわかったときは、素直に謝ることもした。それなのに、これだけ言っても、駄目なのか。そのふて腐れた顔は、もう直らないのか？」

そうして一箱が空になってしまうと、荒屋敷はチップを回収する桃李の手を摑んでギュッと握り締めた。

これで許してもらえないのなら、引くしかない。そんな覚悟さえ感じさせる。

「――――なら、どうしてもっと早く、言い訳に来てくれなかったんですか？」

桃李は、その手が払えず、ようやくまともに返事をした。

「私が誤解したことに気づいていたなら、もっと早くに。それを、メールや電話ですませようとするから、ごまかしたいのかと…。やはり、女性のほうがいいんだと…思って」

どんなに気丈に徹しよう、いっそ心も身体も氷のように冷たくなってみようと思っても、握り締められた手から伝わる温もりが、あっという間に桃李の心を溶かしてしてしまう。

10000
壱万円
10000

昨夜から嫉妬と悲憤で張り詰めた気持ちが緩んで、双眸が潤む。

「いや、だから。これでも一応、仕事で来てるんで。って、忙しいは言い訳にならないな。だったら夜中でもなんでも、押しかけていけばよかった。自宅の住所まで聞いてるんだから、遠慮をするんじゃなかった」

ようやく機嫌が直った桃李に、安堵する荒屋敷。

「ここから先は、二人きりになりたい。仕事は上がれるか？」

握り締めた手を口元に引っ張ると、その甲に口づけ、部屋へ誘う。

黒帯がついた札束を他人に叩きつけた獣とは、打って変わった紳士ぶりだ。

「はい。これだけ勝たせていただきましたから」

しかし、両目をうるうるとさせながらも、桃李の手には荒屋敷から勝ち取ったチップがコインケースに山ほど入っていた。

荒屋敷がサシでの勝負に、はったり込みで用意したチップは一億円分以上。

浮気を疑われただけの代償としては、かなり痛い出費だ。桃李も容赦がない。

「お前を怒らせると、うちの利息より高くつくって覚えておくよ」

荒屋敷もこれには苦笑しか浮かばない。

それでも――――。

「桃李。やっと、抱けた。お前を抱くとホッとする」

身銭を切って得た最高のディーラー・桃李との甘いひとときは、苦笑塗れだった荒屋敷の顔を、瞬時に笑顔に変えていた。

「どうしてだろう。あなたが憎らしい。好きや嫌いじゃ言い尽くせない。憎らしくて、たまらない」

そして、昨夜からすっかり覇気をなくしていた桃李の顔にも、喜びと至福に満ちた笑顔が浮かぶ。

「それは、愛してるってことか？」

「わからない。わからないけど…、私がもっとあなたのことを知りたいと感じているのは確かです」

部屋へ入ると、どちらからともなく手を伸ばし、抱きしめ合ってキスをした。

互いに頭の隅から目的や使命が消えることはないが、ただそれだけだ。

「これ以上何が知りたいって言うんだ。誕生日か、好きな食べ物か？　さすがにツイッターはやってないぞ」

恋の駆け引きにも戯《たわむ》れにも慣れた荒屋敷がこうなのだ。快感を覚えたばかりの桃李が自分のすべてをコントロールできるかと聞かれたら、できるはずがない。

「ごまかさないでください。そんなことを言って、実は見せられないような肌になっているんじゃないですか？　愛されてきた痕を…、隠してるとか」

桃李は、以前にも増してコントロールが利かなくなった自分に素直になると、荒屋敷の襟元に手を伸ばして、蝶ネクタイを外した。

「あ、そういうことか。これだからいつも浮気を疑われるのか」

「いつも？」

一瞬、外したばかりのタイできつく首を締め直してしまおうかと思うが、桃李の語尾が上がると、すぐに荒屋敷が言い訳してくる。

「ここに来てからは、お前だけだ。悪いがモテないほうじゃない。過去に遡ったところまで責められても、謝りようがない。お前だって同じだろう？　それとも何か、これまで何人の男に抱かれたのか、追及されたいか？」

「んんっ」

そうして桃李から自由を奪うように抱きしめると、深々と口づけてから抱き上げる。

「ただし、俺は聞いたら何をするかわからないぞ。相手の男を一人一人血祭りに上げていくかもしれない。なにせ、根が嫉妬深いし、執念深いからな」

「そうやって、話を逸らす！」

このまま寝室に運ばれて、また今日も自分だけが肌を晒されるのかと思うと、桃李ははっきりと抵抗した。

強く身を捩られて、荒屋敷はいったんリビングソファに桃李を下ろして、自分も腰を下ろす。

「話を逸らしているわけじゃない。ただ、本性を見られて、お前に引かれたくないだけだ」

「意味がわかりません」

桃李の脳裏には、娼館の窓に浮かび上がったシルエットが離れなかった。あれは無理矢理上着を脱がされただけだと言ったところで、今夜の桃李では納得できないだろう。

そうでなくとも、肌を重ねたその夜から、荒屋敷は一度としてシャツやズボンを脱いだことがない。せいぜい上着を脱いで、ズボンの前を寛ぐだけで、一番軽装だったときでもバスローブを脱ぐことをしなかった。桃李ばかりが全裸にされて、それが恥ずかしいより納得できなかったのだ。

「なら、好きしろ。俺の肌を、全部をその手で晒してみろ。かえって、半端な気持ちじゃ俺とは付き合えないことがわかっていいかもしれない」

ちょっと考えれば、荒屋敷の言う〝本性〟がどんなものなのか、想像できたかもしれない。すでに彼は独眼を晒しているのだから、桃李が自ら荒屋敷の衣類に手をかけ、彼の肌を晒さなくとも、これが彼のセックススタイルなんだと、気づいたかもしれない。

「――――……っ」

しかし、桃李はそれに気づけないまま、昨夜からの嫉妬に煽られ、荒屋敷の肌を晒してしまった。眼帯がされた右目と同じ上半身に、肩から腕、肩から背中にかけて広がる酷い火傷の痕を、その双眸に焼きつけてしまった。

「だから、言っただろう。ま、予想はしていたんだから、口で説明すればよかった」

思わず声を失い、目を見開いた桃李に、荒屋敷は薄笑いを浮かべた。

「醜いだろう、俺は。しょせん金貸し、それも違法な闇金屋だ。まともな仕事はしてないからな、まともじゃない奴らとも かかわり合う。こういう目に遭ったところで、必然ってことだ」

改まったように、自虐的な言葉が口をつく。

桃李が耳にし、幾度か気になった荒屋敷の自虐的な言葉や発想。どうやらあれは、身体と心に刻み込まれた深い傷の数々が、自然と彼に言わせていたらしい。

「もっとも、こいつはもとの同僚にやられたものだ。出世レースで下克上、部下に蹴落とされたのがそうとうプライドに触ったんだろう。ある日突然首を絞められて襲われて、意識を失ったところで部屋に火を放たれた。偶然訪ねてきた部下がいたから救われたが、この程度で助かったのは奇跡だな」

荒屋敷は、それこそすべてを桃李に晒すように火傷を負った経緯を説明すると、右目につけられていた眼帯だけは、自分の手で外した。

「相手に、人の身体にガソリンをぶちまけて火を放てるだけの根性があれば、即死だっただろう。けど、そもそもそこまでの根性がないから、俺なんかに出し抜かれる。まぁ、あと一歩踏み込めない半端な憎悪のおかげで、こっちは命拾いしたけどな」

癖のある長めの前髪がふわりと揺れるが、それでは隠しきれない右目を潰した火傷の痕が、桃李に呼吸するのさえ忘れさせてしまう。

「すまない。嫌な思いをさせたな」

荒屋敷は、一通り話を終えると再び眼帯を着けながら、席を立とうとした。

今にも桃李の傍から離れようとして、桃李は咄嗟《とっさ》に両手を伸ばして引き戻す。

「違う…っ、違うのです。私は嫌な思いなど、何も――――」

堰を切ったように溢れた涙に、桃李は我慢もコントロールもできなかった。

「ただ、どれほどむごい目に遭われたのかと思うと…、胸が…潰れそう…」

後悔などという言葉では、今の気持ちは表せなかった。荒屋敷に対し、どれほど自分が愚かなことをしたのかと思うと、許しを請うことさえできなかった。

「なのに…、ごめんなさい。何も想像もできない。凱克がどれほどの恐怖や痛みを心と身体に負ったのか、私には…何一つわからない。それが申し訳なくて、悔しくて…」

溢れ出る涙を拭うこともなく、荒屋敷の胸に顔を埋めて謝罪した。

「っ、桃李…」

荒屋敷は、ただただ困ったように、桃李の髪を撫でつけた。

すると、桃李はひくひくとしゃくり上げながら、いきなり顔を上げた。

「それより、私に教えてください。いったい誰がこんなことを⁉　敵を討ちます。凱克と同じ痛みを、いいえ、それ以上の苦痛を今すぐに与えてきます」

コントロールを失った感情が、どうやら怒りに転じたらしい。荒屋敷の腕を掴むと突然犯人への報復を誓った。

「何を言い出すんだ」

「だって、許せない――――っ。こんな…、許せない」

何かしてやらなければ気がすまない。この感情がどこから来るのか、桃李自身にもわからない。ただ、泣きじゃくりながらも桃李は本気だった。

見たことも会ったこともない相手に対して、心底から溢れ返る憎悪を荒屋敷の前に晒した。

「気持ちはありがたいが、物騒なことは考えるな。そういや、お前も立派なマフィアの端くれ。李家の者だったって、いやでも思い出す」

これには荒屋敷も慌てて宥めに回った。見た目の美しさ、愛らしさ、それらにばかり目を奪われて、肝心なことを忘れていた。

「それに、俺をこんな目に遭わせた奴はすでに獄中だ。一生出てこないか、いずれ死刑台だ」

「でも！」

「だいたい、そこに気持ちを向けるなら、俺自身に向けてくれ。単なる優しさや同情でもいい。その分、今夜はお前からも俺を抱いてくれ」

どんなに花のように気高く美しい青年であっても、桃李は台湾マフィアの李一族の中で生まれ育った生粋《きっすい》のマフィアだ。一般の家庭の中で生まれ育った同じ年の青年とは違う。

華奢《きゃしゃ》に見えても、その身体には武道で鍛《きた》えられただろう美しい筋肉がついている。一見しなやかに見える白い手にしても、その拳は想像以上に硬い。

何より、怒りと共にいっそう妖艶に赤く浮かんでいるだろう昇龍は、たとえ守り神と言っても刺青だ。これを当たり前のように入れている同世代の青年は、そうそういないだろう。

「――――っ…っ、凱克」

「お前がねだるから、すべて見せたんだ。俺の醜さも、汚らわしさも。少しは褒美をくれてもいいだろう」

だが、一瞬のこととはいえ殺気さえ覗かせた桃李より、荒屋敷は腕の中でいじらしく身もだえる桃李を見たいと思った。おそらく一族の中でも、蝶よ花よと育てられたのだろう、優しく愛らしい桃李だけを見たいと思った。

そして、真っ白で悩ましい肌に舞い飛ぶ昇龍を愛し、快感に震える姿を見たいと思い、その場で桃李の衣類に手をかけた。

桃李が望んでいたように、すべてを晒し合った肉体がソファの上で絡み合う。

「そんなふうに…言わないでください。私には、ただただ逞しく、頼もしく思えます。この身体に、まるで龍神様がご自分の一部を与えたように見えます」

しかし、桃李は自分もすべてを晒してしまうと、改めて荒屋敷の傷に触れた。

「龍神の一部?」

「ええ。だって、ほら。凱克が褒めてくれた私のと――――何も変わらないでしょう」

すでに硬くなった火傷の痕に頬を寄せると、自分の右腿に彫り込まれた薄紅色の昇龍に視線を落とした。

「確かに、見ようによっては、肌の歪みが鱗《うろこ》に見えなくもない。ただし、龍神というよりは、せいぜい半魚人の鱗だろうが」

荒屋敷は、こんなふうに言われることを想像したことがなかったせいか、照れくささから自虐に走った。

「また、そういうことを…。凱克は、どうしてそんなふうに自分を卑下するんです？　あなたのように優れた人には似合いません。謙遜だとしても、口にしてほしくない」

それを許さない桃李が、白い身体を絡ませ、唇を寄せてくる。

「あなたには、いつも自信に満ちていてほしい。その眼差しほど強い姿だけを見せてほしい。これは欲張りでもなんでもないはず――だって、凱克は強い人でしょう」

桃李は、今夜初めて、自分の中にある欲求をすべて荒屋敷にぶつけていった。

どうしてこんなにわがままなことを思うのだろう？

会ったばかりの荒屋敷に、自分の理想を描いてしまうのだろう？

そう思いながらも心の内にしまい込んでいた欲望を、今夜はありのまま荒屋敷にぶつけた。

「それは無理だな。俺はお前の前では、強がれない。この白い頬が膨れただけで、右往左往している」

「凱克」

「ほら、また膨らんだ。お前がそういう顔をすると、俺のここは――わかるだろう」

すると、今夜はいつにも増して、荒屋敷も遠慮をしなかった。桃李の手を取り自身の胸に引き寄せると、そのまま下肢まで導き、熱く滾る欲望に触れさせる。

「そうとう…強気だと思いますが」

触れたとたんに桃李の顔が、全身が熱《いき》った。

「なら、叱ってくれ。お前の口で」

もっと辱めてやりたい気持ちになったのか、荒屋敷は横たわっていたソファから身体を起こすと、寝そべったままの桃李の顔を下肢へと引き寄せる。

「乱れてしまっても、婬靡な魔物のようになってしまっても、私を嫌いにならないでいてくれますか？」

恐る恐る、だが好奇心と愛欲に導かれて、桃李が荒屋敷の欲望にそろりと唇を近づけた。

「下僕になることはあっても――嫌うことなど一生ないな」

滑らかな唇でキスをし、ゆっくりとだが濡れた口内に包み込むと、荒屋敷は無意識のうちに溜息を漏らした。

感じることにも慣れたはずの男の身体が、言うことを聞かない。

「それが本当なら、私はあなたを虜にしたい」

賢明に愛しながら、どこまでも自分を誘い込んでは貶める桃李に、荒屋敷は我慢しきれず先に達していく。

「っ」

瞬間、桃李が驚いて顔を引いたが、すぐに唇から頬を濡らした自分に満足したのか、微笑を浮かべた。

「私はあなたが言うような、綺麗な存在じゃない。こうしてちゃんと、醜く邪道な心も姿も持っている」

お互いに、目的を持って近づいたことは、もはや言うまでもない。

それは言葉にせずとも、互いに理解し合ってる。

「なら、もっと。もっと…俺を満足させろ。今度はお前の全身で、俺を包んで天国へやれ」

だが、だからこそ、今夜は二人とも互いを晒し合った。

「そう、いい…っ。お前の中は居心地がいい」

「凱克…っ」

「来い。乗れ、桃李」

本当の目的に触れたときに、二度とこうして愛し合うことはできないかもしれない。

そんな予感が消せなくて。

「ぁっ――――んんっ」

そんな現実をごまかしたくて。

「逃げるな。もっと、もっと深いところで、咥え込め」

「凱克…っ」

桃李は荒屋敷の腕の中で身悶えた。

「今夜はお前が、俺を抱け。思う存分。俺を、奪え」

『凱克。好き――――』

何をどうしてもごまかせない思いに、今だけは身を委ねた。

5

広々としたキングサイズのベッドの中で、桃李は荒屋敷の腕に抱かれてまどろんでいた。

極限まで熱った肉体が落ち着き始め、心地よい快感の余韻だけが二人を包んでいる。

「以前にも言いましたが、私は両親が李家でお世話になっていたので、生まれたときから李家にいます。先代も年の離れた飛龍様も、景虎様共々私のことをとても可愛がってくれました。まるで兄弟同然に。本当に優しくて…。私に生きていく上で必要なことは、すべて身につけさせていただきました」

桃李が寝物語に自分のことを語ったのは、荒屋敷から「俺もお前のことがもっと知りたい」とねだられたからだった。

「おそらく教えていただけなかったのは、裏の仕事――。李家が代々行ってきたマフィアとしての仕事のノウハウだけだったのではないかと思います。私は、何度もお願いしました。一生李家にお仕えするつもりでいたので、どんなことでもしますし、覚えますからと。けど、それは叶えてもらえませんでした。お前は家の中のことをしていればいい。どうしても働きたいのなら日の当たる場所へ、誰にでも自慢のできる表社会で仕事をしなさいと言われて」

何気なく聞かれた生い立ちの中で、荒屋敷が目的を持って〝何か〟を知ろう、掴もうとしていることは桃李にも感じられた。

そしてそれが飛龍のこと。おそらく今現在、飛龍がどこで何をしているのかということだというのもわかっていて、桃李は自分が飛龍や李家そのものと縁が深い立場にいることを、包み隠さず明かして聞かせた。

「なので、飛龍様がホテルを開業すると決めたときには、天にも昇る気持ちでした。これならきっとお手伝いができる。傍にいてお役に立てる。いろいろ考えて、わがままを言って、プレジデントホテルの本社に研修に行かせてもらいました。そしてそのままラスベガスのディーラーズスクールにも入学して、プロの資格を取って。さすがにそこまで許可はしてないと怒られましたが、カジノホテルには不可欠だと思ったのでと言い訳をしたら、最後は折れてくださって…。私はVIPフロアの接客兼ディーラーとして配属していただけました」

だが、桃李は桃李でこの話をしながら、一つの決断をしていた。

それは荒屋敷という人物を敵か味方かに選別すること。李家にとって、飛龍にとって、実際どちらなのかをこれまでの言動と照らし合わせて、完全に振り分けることだった。

「そりゃ、そうなるだろうな。どんなに箱入りにしておきたくても、カジノ経営者としてなら桃李は喉から手が出るほど欲しいディーラーだ。存在もテクニックも一流だし、フロアにいるのといないのでは店のグレードが変わる。目の肥えた世界のVIPを満足させるには、なくてはならない生花そのものだ。お前目当てに通ってくるセレブもいるだろうしな」

荒屋敷は、桃李の話に相づちを打ったり、感想を述べたりしているだけだった。

「それにしても、噂通りよくできた龍頭だな、飛龍は。景虎も確かに立派だが、やはり年の分は確実に上を行く人物のようだ。俺の上司も何度か口にしていたが、こうなるとやはり一度会ってみたい」

だが、話の中に一歩踏み込むきっかけを得ると、自ら飛龍の名を口にした。

「桃李、飛龍にはどこに行けば会えるんだ？　仕事で忙しいのはわかっているが、こちらから出向いて挨拶をするぐらいなら、許されるだろう。さすがにトイレまで押しかけようとは思わないが、食事の時間に訪ねる程度なら、そう仕事の邪魔にもならないだろうし」

景虎から「飛龍は忙しい。しばらくは会えない」と言われただろうに、荒屋敷はそこを枉《ま》げて面会を求める。

「…っ」

「それとも飛龍に会えないのはそういう理由じゃないのか？　何か、もっと特別な理由があってのことなのか？」

桃李がほんの少し迷いを見せると、自分のほうから核心に触れてくる。

「凱克…？」

「すまない。俺は仕事でこの地へ来た。確かにそれは本当だ。ただ、普段のように金の貸し付けや取り立てだけに来たわけじゃない。李飛龍の生存と所在も確かめに来たんだ」

そうして、荒屋敷は桃李からはっきりと聞かれる前に、自分から台北を訪れた目的を明かした。

「飛龍の？　どうして…そんな」

どこにいるか、連絡がつくか、そんな程度のことではない。荒屋敷が確認に来たのは、飛龍が生きているか死んでいるのか——まずはそこからだということを正直に伝えてきた。

「ここのところ飛龍と連絡が取れなくて、上司が心配している。仕事柄俺たちは、誰に対しても平等であり贔屓《ひいき》はしない。支払い能力を認める相手であれば、金は貸す。世界の誰を相手にしても、そこは徹している。だから、場合によっては飛龍の敵になるだろう相手にだって、金を用立てていることはあるかもしれない。これに関しては、どうしようもない。顧客になった段階で、それは承諾してもらっていることだ」

そしてその上で、荒屋敷は飛龍の安否にブラックバンクがかかわっているのか否かが心配だということ、だが、どんなに心配でも会社としては態勢を変えることがないのだという現実も、桃李に説明してきた。

「うちは金貸しであって、正義の味方じゃない。貸した金がどんな使われ方をするのかまでは、関与しない。そこに徹しているから、闇金組織なんだ。ただ、上司が心配しているのは、個人的なことだ。あくまでも一人の友人として、これまでになく連絡が取れないことに、何かあったんじゃないかと危惧している。飛龍の立場を考えれば、口にしないだけで暗殺されたんじゃないかと——そこまで考えているだろう」

たまに連絡をした友人から返事がないからといって、普通は相手の生死まで気にはしないだろう。

それが暗殺されたのかと疑うなんて、まずないことだ。

「しかし、それならそれでなんらかの形で公表されるだろうが、そういったこともないので、尚更何が起こっているんだってことになる。生きているのか、死んでいるのか。立場としてはどうなっているのかってことになる」

疑いを持たれたのは、そもそも飛龍がマフィアの龍頭だから。他に理由はない。

どんな世界の、また社会の中のトップに立つより、マフィアのトップはそんな危険と背中合わせだ。それが、たとえ李家のように、どこに対しても中立を守ってきたような組織であっても同じことだ。常に勢力争いが起こってる社会なのだから、連絡が取れないとなれば、真っ先に死を疑われてしまうのだ。

「だから俺が代わりに、調査を買って出た。たとえ何らかの事情が発生していたとしても、俺には上司ほど飛龍に対しての思い入れがない。その分、冷静に判断ができる。顧客である李家にとっては、そのほうがいいだろうと思ったんだ――お前に会うまでは」

荒屋敷の説明は、そういう意味では理にかなっていた。この際李家の中で何が起こった、起こらないという以前に、飛龍には遠く離れた友人が常に安否を気遣う肩書や立場がある。だから、確認に来たのだと言われれば、それを嘘だと疑う必要はない。

「私…、ですか」

「そうだ。朱桃李に会うまでは、だ」

しかし、荒屋敷からの質問は、そういった基本的なものだけでは終わらなかった。

「こういってはなんだが、李飛龍が現在どうなっているのかはわからないが、俺が探ることで、事実を知ることで、お前の運命が変わるなら目を瞑ることも考えている。俺の目から見て、今の李家は景虎のものだろう。それがいいのか悪いのかはわからないが、俺にはそう見える」

都合よく終わらせようと思えば、終わらせることもできただろうが、荒屋敷はそこに自分の主観と疑問を乗せてきた。桃李への思いも一緒くたにしてきたのだ。

「だが、お前にとって今が一番いいというな――!?」

桃李は、彼の口に手を翳《かざ》すと、途中で話を遮《さえぎ》った。

「そんな、取ってつけたことは言わないでください。凱克が、個人的なことで見て見ぬふりをするとは思っていません。そんなことができる男に…、私も心を奪われたりしない」

せっかく正直に話をしていたのに、今更余計な嘘は要らない。言ってほしくないと笑って。

「桃李」

荒屋敷は、少し気まずそうに、名を呼んだ。

聞き方を間違えたかと、反省しているのかもしれない。

「でも、だからあえて、あなたを信じます。あなたがこの先、決して個人的な損得や価値観などで判断を誤らない方だと信じます。あなたはどこまでもブラックバンクの人。きっとあなたの上司、園城寺もそれは同じ。誰を相手にしても、中立を守る人」

桃李は、これまでの言動や今の話で、一つの結論を出した。

それは荒屋敷を敵か味方かで分けるのではなく、味方にも敵にも回らない。李家にとっては特別プラスにならないが、マイナスになることもないという判断だ。

これは、景虎や桃李の目的を考えれば、的を外したような結果だ。

「私は、今がもっともいいとは思っていません。私自身は凱克に出会えて、こうして抱かれて、それ自体は幸せかもしれません。でも、私が大切にしてきた人たちがすべて幸せかと言えば、そうではない。だから、今がもっともいいとは思えないんです」

しかし、桃李はこの結果に満足していた。むしろ無理なく納得できて、荒屋敷自身もブラックバンクという組織も信頼ができると感じた。

「飛龍は、生きています。すべての権利を剝奪されてはいますが無事です」

桃李は荒屋敷に、彼がもっとも欲しているだろう情報を伝えることを選んだ。

誰も一度として「飛龍が死んだ」などと言った覚えはないが、それでも飛龍が姿を見せないのは、見せられる状況にないからだ。龍頭として失脚させられたからだということを、初めて関係者ではない第三者――荒屋敷に明かした。

「だから、それだけは安心してくださいと園城寺様にお伝えください。私に言えるのはここまでです」

これが荒屋敷にとって、満足のいく答えなのかどうかはわからない。

本当はもっと込み入った事情が知りたいと思っていたかもしれない。

だが、たとえ荒屋敷が桃李にとって、この人は味方だ。プラスになる人だと判断していても、明かせるのはここまでだ。これが桃李からすれば最大の答えであり、彼への信頼の証だ。

「そうか。本当のことを教えてくれてありがとう」

ただ、桃李が明かしたところで、おそらく荒屋敷のここでの仕事は終了だ。

これを知るために景虎から紹介された桃李を受け入れたのだろうと思えば、彼が桃李の前にいる必要はもうない。

「いいえ。こちらこそ――ご心配いただいて、ありがとうございました」

そしてそれは、桃李もまた同じだ。

荒屋敷を必要以上に引き留めておく理由がなくなり、残った気持ちを持て余す。

「桃李…」

躊躇いがちに名前を呼ぶと、荒屋敷は桃李の肩を強く抱いてきた。

『凱克…』

桃李が微笑んでみせると、そのまま口づけてくる。

『凱克、あなたが好き』

桃李は、湧き起こる別れの予感を振り切るように、自分からも強く抱きしめ、唇を吸った。

荒屋敷もそれに応えて、いっそう激しさを増す。

『好きになれて、よかった――』

今朝はこれまでより少し長くベッドの中にいた。

どちらも離れることを惜しむように、何度もキスを繰り返した。


ホテルの社長室に隣接されている秘書室で雑務をこなしていると、桃李はふと表の景色に目をやった。

『それにしても、寒い。だいぶ冷え込むようになってきた。冬はそこまできているのかな』

空どころか太陽の色さえ春・夏とは違って見えた。

特に今日は、どこか乾いていて寒そうな色合いだ。今の桃李の心を映しているようだ。

『龍頭が代わってすでに八ヶ月か…。真に李家が立て直されるまでに、いったいあとどれぐらいかかるんだろうか？』

桃李は、空の向こうを眺めながら、深く息を吸い込んだ。

「桃李！　何が借金取りから逃げているだ。いくらなんでも、綺麗に騙《だま》されすぎだ！」

静かに溜息をつく前に、突然景虎に声を上げられ、胸に詰まりそうになる。

「どうしたの、景虎」

「翔英から連絡があった。播磨の奴らに確認させたところ、やはり俵藤は鬼塚の回し者だった。プレジデントの株主であるのも間違いないが、それ以前からあの男は磐田会の幹部。それも、元総代だったほどの大幹部だ」

驚く桃李に向かって、景虎は捲し立てた。

「日本に在住したことがある王たちでさえ面識がないのも当然で、奴は七年もの間刑務所にいた。最近出所してきたばかりの男だったんだ」

怒っているというよりは、呆れている。それも騙された桃李にというよりは、どの面下げてあんなみっともない嘘を真顔でついたんだと、俵藤に対して感じているようだ。

「七年も…」

すっかり借金説を信じ込まされた桃李も、これぱかりは景虎と同じことを思ったらしい。

ひょうひょうと嘘八百を並べた俵藤の顔を思い起こすと、言葉もない。

「え？　でも、それじゃあ鬼塚はもう？」

しかし、こればかりは黙ってもいられない。桃李は思わず俵藤が台北に現れた日を、卓上カレンダーで確認した。すでに十日は過ぎている。

「ああ。さすがに実行部隊を操っていたのが翔英だってことまでは嗅ぎつけてないようだが、一個小隊が全滅したときには、こっちに目を向けていたってことだ。すぐに目立った仕返しに動いてないってことは、仕掛けてきたのが飛龍なのか、確認を取りたかったのかもしれない。なんにしたって鬼塚が赤坂プレジデントの松平と通じているのは確かだろう。うっかりすれば、ブラックバンクの園城寺とだって繋がっているかもしれない」

景虎の言うとおり、俵藤が日本からの偵察だというなら、鬼塚が持つ人脈はそうとう侮れない。だが、それより何より気になるのは、俵藤が台北に来てから十日もの間、鬼塚は漠然と彼からの調査報告を待っていたのだろうか？

飛龍多忙――――その言葉の裏だけを、取ることに専念していたというのだろうか？

何もせずに？　桃李はそこが引っかかった。

「それは…、たとえ繋がっていても、大丈夫だと思う」

「――――どういうことだ？」

だが、いずれにしても桃李は今朝、荒屋敷に飛龍が生存していること、龍頭としての権利を剝奪されていることを告げている。それが園城寺に報告された段階で、鬼塚の耳に入るのも時間の問題だろう。場合によっては荒屋敷さえ知らないところで鬼塚が園城寺に話をつけ、彼に飛龍の所在を探らせていたとも考えられる。

桃李は、今ほど鬼塚の真意が知りたいと思ったことはない。

鬼塚は、友が失脚させられたと知り、どんな感情を抱くのか？

そして、友に取って代わった龍頭に突然攻撃を仕掛けられ、いったいどんな報復処置を取ってくるのか——これが一番知りたいところだ。

「ブラックバンクは、完全に中立を守る組織。以前の李家と同じ。だから、どんなに荒屋敷に取り入ったところで、また園城寺を当てにしたところで、仕事以外の面で李家に荷担してくれない。ただ、代わりに李家と敵対する相手に荷担することもない。そういう、中立を誇りとする組織だってことが荒屋敷と接していてよくわかったから、彼らが敵に回ることはない」

それでも、李家が鬼塚だけではなく、ブラックバンクまで敵にすることはないと思えることが、今は救いだった。

「逆に、一個人に戻ったときなら園城寺も荒屋敷もこの李家についてくれるかもしれないけど」

仮に園城寺が鬼塚とも交友関係が合った場合は、個人的にさえ手を引いてしまう可能性はあるが、それでもブラックバンクの体質を重んじるのなら、彼はこの争いには介入してこない。

そう思えるだけで、桃李は景虎「安心して」と言えた。

「そうか…」

「それもどうだかはわかりませんぞ」

「王？」

だが、景虎が桃李の言葉にホッとした瞬間、青ざめた顔で部屋に入ってきたのは王だった。

「どういう意味？」

「これを」

「な、ブラックバンクの荒屋敷はすでに死んでいる？」

王が二人に見せに来たのは、過去のニュース記事。それも日本の新聞のコピーだった。

「はい。下手に疑わしいことをし、お怒りに触れてはと思ったのですが、万が一を危惧した部下が調べてまいりました。荒屋敷凱克という男は、確かにＪＣＣの赤坂支社長を務め、ブラックバンクの幹部としても名の知られた男だったそうです。しかし、二年前に自殺をしています。これがそのときの新聞記事です」

「そんな…。馬鹿な」

景虎と共に記事を確かめ、桃李の身体が揺れた。

小さいが顔写真まで載った新聞には、確かに荒屋敷凱克の記事が載っている。

これが本当なら、いったいここに来た彼は誰なのだろう？

亡霊なのかと思うほど、容姿もそっくりだ。

「間違いがあってはいけませんので、李家の名は伏せてブラックバンク総本部にも問い合わせをしました。しかし、返事はいずれも同じで――――」

「どういうことだ？　ブラックバンクどころか、園城寺の部下だと偽ってまで、いったい誰がなんの目的でここへ⁉」

しかし、ブラックバンクの総本部が、園城寺が、死んだと言うならそれに間違いはない。

彼らが死んだ荒屋敷に関して、嘘や偽りを言う必要もないだろう。

「いや、目的はわかっている。飛龍だ。奴が飛龍の行方を追っていることだけは確かだ。桃李、お前…何か聞かれなかったか？」

「――――飛龍の生存と所在を…。上司が心配しているからと言って。自分は、本当はそれを調べに来たと明かしてくれたので…」

だが、こうなると桃李は、いったいどこの誰を信じて真実を伝えたのだろうかと思う。

「それで、幽閉していることを話したのか？」

「生きているから、心配ないとだけ。それだけでも、伝えておけば何かのときには園城寺に伝わると思ったから」

いったいどこの誰にときめきを覚え、そして抱かれ、わずかな時間とはいえ甘いときも過ごしたのだろうと思うと、何がなんだかわからなくなってきた。

「本当のところがわからない限り、奴を野放しにはできない。王。今すぐ奴を捕獲しろ。奴に目的を吐かせろ！　吐かないときは始末していい。この上、得体の知れない敵まで現れては、こちらも回りきらない」

「はい」

しかし、どれほど混乱していても、これだけはわかった。

「やめて‼　彼には手を出さないで！　彼が何者だとしても、ただ者じゃない。それは確かだ。けど、それは私がはっきりさせる。必ずはっきりさせた上で処置を考える。だから、すぐには手を出さないで！」

あの荒屋敷が実際誰なのかは別として、桃李にとっては心から信じた相手。決して誰かの手にかけられたい男ではない。それがたとえ景虎や王であっても嫌なのだ。許すことができないのだ。

「桃李！　この期に及んで目的を誤るなよ。俺たちにとって大切なものはなんだ？　たった一つしか選べない、残せないとしたら、それはなんだ⁉」

桃李の剣幕に、景虎も声を荒らげた。

「わかってる！」

「ならば、邪魔な者は消していくだけだ。正体のわからないものなら、尚更だ。ただの危険分子に過ぎない」

普段ならこんなふうには言い返さない、逆らうこともしないだろう桃李に感情を荒立てる。

「だから、それは私が直に確認するからって言ってるでしょう」

「いい加減にしろ、桃李！　お前は身体どころか心まで奴に奪われたのか！」

このままでは二人の関係に、信頼に亀裂が入る。

そう感じたのは傍にいた王だけではない、景虎や桃李も同じだ。

「そうじゃなくて」

「だったら刃向かうな！　俺が決めたことに逆らうな」

だが、だからこそ、景虎はここで荒屋敷の存在を消しにかかった。すでに遅いかもしれないと感じてはいたが、この世から、桃李の心の中から荒屋敷を抹殺することを選んだ。

「景虎っ」

「王、行け」

「はい」

「行くな、王!!」

しかし、その強引さが返ってあだになり、桃李はとうとう感情を爆発させた。

「これは命令だ」

二人の前で初めて、この言葉を発した。

漆黒の、まるで黒曜石を思わせる澄んだ瞳が、鈍く光って他を圧倒する。

「桃李っ」

「桃李…様」

景虎が、王が息を呑む。一瞬だったが桃李の姿に、飛龍が被って見えた。

「乱暴なことを言って、ごめんなさい…。けど、景虎。どうか私を信じて。私は、何が起こっても自分の使命を忘れたりしない。最後にたった一つ――、この手に残すものを誤ったりしない。もし本当に凱克が李家を脅《おびや》かす者なのだとわかれば、その時点で私が始末する。躊躇うこともしない。この手で、殺す」

桃李はすぐに気持ちを落ち着け、景虎を説得した。

荒屋敷に心を奪われたことは否定はしなかった。

だが、それ以上に自分が使命を忘れていない。必ず成すべきことがあることも忘れていないと訴え、景虎に同意を求めた。

「わかった。なら、奴のことはお前に任せる」

景虎は、深い溜息をつくと、少し寂しげな目をして、桃李に手を伸ばしてきた。

「何をどうしたところで、飛龍不在の今――この李家の行方を見極めるのも判断するのも結局はお前だ、李桃李」

その白い手を取ると跪《ひざまず》き、甲に口づけてから桃李を見上げた。

「俺はお前の僕に過ぎない。生まれたときから影であり、身代わりであり、そして楯に過ぎない男だからな」

それはどこまでも主に忠実な家臣の姿だった。景虎に倣うように王もその場に膝を折り、この場で桃李が自分たちの主、龍頭であることを心から示した。

母親が違うとはいえ飛龍の実弟である李桃李が、乳母《うば》だった朱の子、景虎と立場を入れ替えて生きるようになったのは、物心もつかない頃からだった。

それに至った理由は簡単だった。当時、どんなに李夫婦の仲が悪かったとはいえ、まだ離婚調停中に先代李龍頭が日本人女性に心を奪われ、子を産ませた。それを隠すこともなく、正式に離婚ができたら二人を李家へ迎えると宣言したものだから、追われていくだけとなった正妻と、その家族から余計な怒りを買ったのだ。

そのため、李家に入るまでの三年間を日本で過ごした桃李と母親のもとには、幾度も刺客が送られた。何度も二人は命の危機に晒され、そのたびにすでに物心がついていた飛龍は心を痛め、先代龍頭は怒りに震えた。

だが、そんな桃李と母親が、何度刺客を送り込まれても無事だったのは、桃李が生まれたときから二人の世話係として傍にいた朱夫婦のおかげだった。桃李の乳母も兼任していた景虎の母は、常に桃李と年の変わらない我が子を桃李に見立てて、刺客の目をごまかした。自身の息子の命を楯にしてまで、大恩ある龍頭の子・桃李を、李家に迎えるまで守り抜いたのだ。

ただ、このことを明かして、そうだったのかと知れれば、その後は桃李自身が襲われる。一つ一つ年を追うごとに花のように愛らしく育っていく桃李に、今度は龍頭の子であるという理由で、他から魔の手が伸びることになる。

実際飛龍も幼い頃から何度も命を狙われた。すでに大きくなった飛龍より、小さな桃李のほうが襲いやすいと思えば、魔の手は桃李に向けられるということだ。

しかし、それを誰より拒んだのは、一緒に育った景虎だった。

景虎は、幼いながらに自分が桃李の身代わりにされていることに憤りを感じるより、愛らしい桃李を自分が守っているという使命感に喜びを覚えていた。

だから、こののちも李家の次男、飛龍の弟として、刺客に備えて身代わりでいたいと希望したのも、当時四歳にも満たなかった景虎自身だった。

周りの大人はどうしたものかと思ったが、ある程度の年にきたときに事実を明かす分には、問題がない。むしろ今は桃李がどうこうというより、景虎の忠義と正義感を大事にしたいと考え、それ以後も二人の名字を入れ替え、立場を入れ替えて育てることにした。

そうして世間の目を欺《あざむ》き、桃李が二十歳になった頃にでも「実は」と公表しようかと、意外にのんびりと構えていたのだが、飛龍がホテル経営を始めたことが原因で、それが延長された。

飛龍の成功を妬んだ他のマフィアから嫌がらせが重なり、それは景虎にも及んだ。そのため、せめて現状が落ち着くまで、実弟の公表は避けようとなったのだ。

もちろん、この年になると桃李自身が「景虎をこれ以上危険な目には遭わせたくない」と主張したが、これまでの警備体制との兼ね合いもあり、誰もが「今のほうがやりやすい。安全だ」と口を揃えるものだから、二人の入れ替えは公表されないまま今に至った。

それどころか、この春に飛龍を封じてまで代わりの龍頭を立てるとなったときには、誰の目から見ても桃李の持つ美しさよりも景虎の持つ雄々しさのほうが相応《ふさわ》しい。世間的にも新たな龍頭としての威厳や説得力があるだろうということになり、実弟が誰なのかということは封印された。

今は李家を守ることを第一に考え、これまで通りの立場と役割に徹することが最良だろうと判断されたのだ。

『二年前に自殺したとされる荒屋敷凱克は、自宅に火を放って首を吊った。凱克の身体には忌々《いまいま》しい火傷の痕がある。自殺ではなく他殺未遂だったとするなら話も合うし、彼が荒屋敷凱克自身であることに間違いないと思う』

ただ、それでも飛龍の実弟が誰なのかということを知っている側近たちは、何かがあれば桃李の意見を何より重んじた。

景虎や王にしても先ほどのように、桃李が命じれば膝を折って従った。

何があっても彼らの中で、主従関係が逆転することはない。それが先代龍頭や飛龍に対しての永遠の忠儀、そして自分たちが大切にされてきたことへの感謝の証なのだ。

そして桃李もまた、どんな立場にあっても、自分が龍頭の子として李家と一族を守るのだという使命を忘れたことがない。

自分を愛し、命を守り続けてくれた者たちへの恩と感謝を忘れたこともない。

だから、翔英が「荒屋敷は懐柔するべきだ」と言ったときも、桃李が荒屋敷のもとに向かうことを決めたのは、景虎ではなく桃李自身だ。翔英の目には景虎が指示したように見えていただろうが、そう見せながらも決断したのは桃李であって、景虎はそれに従ったに過ぎない。

桃李がマカオへ出向いたのも理由は同じだ。

そして、荒屋敷に事実の一部を伝えたのも、結局は桃李の現龍頭としての判断だ。

『けど、もし彼が死んだ荒屋敷に成りすますためだけに用意された人間だったとしたら？　そうまでして飛龍の行方を追う意味は？　目的は？　すでに李家は変わった。もはや飛龍を追う理由はないはず。それなのに、どうして今頃と考えたら、景虎の危惧や警戒は正しい。ただ、だからこそ、彼には事実を明かしてもらわなければならない』

だがそれだけに、桃李は荒屋敷に関しては、自分の目と耳で事実を確かめたかった。

今朝別れたときには、もしかしたらもう二度と会わないほうがいいのかもしれないと思っていたが、これればかりはそういうわけにもいかない。

『私が、何をしても聞き出さなければ…⁉』

桃李は、荒屋敷に直接話を切り込もうと、彼の部屋へ向かった。

しかし、桃李がエレベーターフロアに下り立つと同時に、荒屋敷は部屋を出て、出かけるところだった。

『そう言えば、こうなると彼の仕事って…、本当は何？　連日街へ出ていたけど、それは何をするためだったの？　あの娼館のことにしたって…』

桃李は慌てて身を隠すと、そのまま荒屋敷を尾行した。

さすがにこれでまた娼館へ行かれたら、自分でも彼に何をするか自信がなかったが、荒屋敷が向かったのは表通りに看板を掲げるＪＣＣ台北支店。ブラックバンク台北支店の表玄関とも呼べる場所だけに、桃李は首を傾げた。

『ここは――』

ここへ来るということは、バンクの関係者か負債者のいずれかだ。彼が死んだ荒屋敷の成りすましであったとしても、ブラックバンクの人間である可能性はゼロではない。

『何？　いったい彼はどこへ行くの？』

桃李は、慎重に支店がある雑居ビル内へ入ると、そのまま荒屋敷のあとをつけ続けた。

「お待ちしてました」

「ああ」

荒屋敷はエレベーターではなく、階段を使って支店長室がある階へ行くと、そこで遠埜と入れ違うように部屋へ入っていく。

そんな様子を踊り場から見上げ、桃李がこの先どうしようかと思っていると、部屋の前で遠埜が煙草を取り出した。どうやら一服してから中に戻るようだった。

『今だ』

桃李は遠埜が部屋に戻ろうと扉を開けた瞬間を狙って、背後から当て身を食らわせた。

「うっ‼」

『――――ごめんなさい』

その場で膝を折った遠埜を抱き留め、静かにその場に横たえる。

そして、中へ入ると支店長室そのものは蛻の殻だった。

ゆっくり中を見渡すも、なんの変哲もない。だが、確かに荒屋敷はこの部屋に入ったはずだ。

桃李が調べていくと、不自然な扉が目についた。

部屋の構造に合っていない気がして、そろりと開くと、中を覗き込んだ。

『え⁉　ここは…。それに、彼は確か俵藤と一緒にいた…』

桃李の目に飛び込んできたのは、豪華絢爛なサロン。しかも中には荒屋敷の他に松坂がいた。

俵藤がカジノで遊んでいたときに、片時も離れずにいた男だけに、桃李も忘れようがない。

「飛龍が生きている？　権利は剝奪されているが元気にしている。間違いないのか？」

「はい。俺が目的の大半を明かして、ようやく貰った〝園城寺への伝言〟です。偽りはないはずです」

「なら、飛龍はなんらかの事情で実権を奪われはしたが、殺されてはない。日本に対して道理の通らない喧嘩を売ってきたのは、飛龍から実権を奪った景虎が率いる李家。そう決めて、いいってことだな」

「経緯や理由は一切考えず、飛龍の生死と今回の日本侵略の主犯がいったい誰なのかってことだけに焦点を絞るなら、そういうことになりますね」

桃李が耳を澄ませるまでもなく、はっきりと聞こえてきたのは、今朝方桃李が明かした飛龍についてのことだった。

やはり彼らの目的は飛龍の所在。そして現在の李家の実態だ。

「はん。李家のお家事情なんざ、こうなったらどうでもいい。こっちはそもそも傘下の組長を殺されかけた上に、捕らえた小隊の連中には舎弟どもを巻き込んで自爆されてるんだ。その上、つい最近じゃ、総長のイロが襲われて、助けに入った傘下の姐が刺されて病院送りだ。いい加減に総長だって、我慢の限界にきている」

ただ、俵藤が鬼塚の配下の者だとすれば、松坂も同様だ。その上、荒屋敷まで鬼塚の回し者だったのかと思うと、桃李は少しばかり動揺した。

「仕掛けたのが飛龍じゃなかった。しかもどこかで生きている。それがわかっただけで、心置きなく戦闘準備に入れるだろうよ。ただし、こうなったら何が何でも飛龍を見つけ出して、救出しないといけないがな」

「すでに飛龍の行方は、バンクの機関を使って捜索してもらっています。なので、俵藤さんと松坂さんは、一度帰国されたほうが。他のみなさんと足並みを揃えて、態勢を立て直してから戦闘に入るほうが安全です。鬼塚総長も気が気でないでしょうし…。デッドゾーンのことに関しても、李家とぶつかれば、いずれは出元にたどり着くはずですし」

「そうか。そうだな。せっかく今日まで無事だったんだ。下手なことをやらかして、俺たちまで飛龍共々捕らえられる羽目になったら、それこそ鬼塚総長の足を引っ張るだけだ。目も当てられないからな」

「ええ。帰国に関しては、こちらで空路を手配しますし、こうなったら俺もとことんお供しますので」

ようやく得られた情報に、二人の会話は弾んでいた。このままいけば彼らは俵藤たちと共に一時撤退、日本へ引き上げ、改めて李家を攻めに来ることは桃李にも理解できた。

『凱克は、結局…鬼塚の配下だったってこと?』

荒屋敷が実は誰であるのかは別としても、鬼塚の配下、あるいは俵藤か松坂の配下の者であり、荒屋敷が磐田会の男だということがここではっきりした。

「両手を頭の上で組め」

『しまった！』

だが、桃李が次の行動に移ろうとしたとき、硬く冷たい銃口が背中に突きつけられた。

「ここまで侵入しておいて、俺を殺らずに行くとは、ずいぶん不用心だな。さ、中へ入れ」

銃を構えていたのは、遠埜。桃李は、言われるまま両手を頭の上で組むと、奥のサロンへ押し入れられた。

すぐに扉が閉められる。桃李は完全に捕虜だ。

「本部長。不用心すぎです。つけられてましたよ」

「ああ。わかってる。俺の知り合いだ。放していい」

しかし、そんな桃李を見ても、荒屋敷は軽く笑って流すだけだった。

「は？」

「いいから放せ。責任は俺が持つ」

それどころか、遠埜を啞然とさせながら、笑顔で桃李の前まで歩み寄ってきた。

「桃李。手荒な真似をしてすまなかった」

「触らないで!!　あなたは一体誰？　園城寺氏の部下ではなかったの!?」

ここまで至って冷静だったと思うのに、桃李は荒屋敷に手を伸ばされると、その手を弾いて身を引いた。

「なんの話だ。俺はブラックバンクの本部長・荒屋敷凱克だ。上司は園城寺で飛龍の友人だ」

「嘘…っ。だって、荒屋敷凱克はすでに死んでいるって。だから、それを知って景虎は激怒している。あなたを殺しかねないほど怒って――だから私はあなたを追って確かめに！」

一度は磐田会の男だと理解した分、自分はブラックバンクの荒屋敷だと言われて、余計に困惑してしまう。

「ああ。世間一般には、そういうことになってるからな。なにせ、首を絞められた挙げ句に火まで放たれた。俺が殺されかけたことは説明しただろう。証拠だって見せたはずだ。俺の体に残る、この目以上に忌々しい証拠をな」

桃李の混乱をよそに、荒屋敷は相変わらすマイペースだ。

「…っ。なら、どうして？　ブラックバンクに問い合わせても、あなたは死んだとしか…」

「そりゃ、せっかく死んだことになってるんだ。撤回しないほうが暗躍しやすい。景虎がどこで調べたのか知らないが、俺が生きてることを知っているのは、そうとう限られた人間だけだ。知らない者なら死んだと答えるだろうし、知っている者でも素性のわからない相手から聞かれれば、死んだと答える。当然のことだ。それこそホテルの従業員に飛龍のことを聞いても、多忙で不在だと口を揃えるのと変わらないってことだからな」

当然だと言われてしまえば、そう受け取るしかない。

王の手下がどんなに慎重に調べたところで、組織内での荒屋敷の扱いが飛龍と同じでは、本当のことなどわかりようがない。しかも、李家の名を伏せて問い合わせたとあっては、余計に敬遠されたとも考えられる。

「ま、なんにしたってここはＪＣＣの台北支店だ。そして遠埜はここの支店長だ。俺の身の潔白なら、この状況が何より証明してくれると思うが——駄目か？」

「っ…。いえ、わかりました。納得しました」

桃李は、感情が高ぶっていた分、張り詰めていたものが一気に解けた。

『結局、あなたが本物の荒屋敷であることも、磐田会に絡んでいることも…』

身体から力が抜けて、その場に膝を折りそうなぐらいだ。

「それより桃李。聞いていたんなら、話は早い。俺と一緒に日本へ行こう」

「え？」

それなのに、荒屋敷は更に桃李を動揺させるようなことを言い出した。

「俺はこれからブラックバンクの人間としてではなく、李家と全面戦争になるだろう日本の極道組織に荷担する。恩人である俵藤さんや松坂さんと共に、磐田会総長鬼塚賢吾の手助けをし、景虎に捕らえられているだろう飛龍を解放、李家をもとの形に戻すことに専念する」

今度こそしっかりと手を握り、独眼に戸惑う桃李の姿を映して、今後を明らかにする。

「このままでは敵と味方だ。お前が景虎の傍にいる者なら尚のこと、確実に殺し合いになる。俺は、やっぱりお前とは戦いたくない。もはや愛し合う以外のことは望んでいない。これは本当だ。昨夜俺なりに考えて、そして真剣に出した答えだ。俺は、俺のすべてを見て、そして受け入れたお前を、手放したくはない」

「…っ」

しかし、桃李は荒屋敷に言われたことで、二人がすでに敵同士であることを再認識した。

「お互い、どんな目的を持って距離を縮めたのか、肌を合わせたのか、そんなことはどうでもいい。俺はお前に惹かれているし、お前だって俺に惹かれているはずだ。そうだろう？　桃李」

どんな惹かれ、恋を自覚したところで、初めから二人の立場は敵同士。

たとえ荒屋敷が飛龍の味方であっても、桃李の味方にはなり得ない。

初めからなりようがないのだ。

「わかったら、ここから直接空港へ行け。俺も俵藤さんと合流したら、すぐに行く。だから、先に行って待っていろ。遠埜、手配しろ」

「はい」

そうとも知らずに荒屋敷は、勝手に話を進めていく。

「そんな、いきなり言われても！」

「どうぞ、私を攫ってください。このまま、お好きなところへ！　最初にそう言って、お前は俺に身を任せたはずだ」

「なっ。でも、それは!!」

そんな揚げ足を取られてもと、言い返す間もないほど強引に、そして熱烈に桃李を日本へ連れて行こうとする。

「今更撤回はさせない。俺はお前を攫っていく。好きなところへ連れていく。代わりに、俺が必ずお前がいいと思う李家の形を作ってやる。お前が大切にしている人間すべてが、幸せな形にしくれる。

てやる。だから、安心して後は任せろ。今だけは何も考えずに、空港へ行け」

決してすべてをわかっているはずもないのに、荒屋敷は桃李が一番欲しい言葉をくれる。この八ヶ月、きっと誰かに一番言ってほしかった言葉を口にして、そして実行すると約束してくれる。

「遠埜！　あと、バンクから手を回して、空港にチャーター機の手配をしといてくれ。何をするにしても、ひとまず日本に戻らないことには話にならない」

「はい」

桃李は、ここへきて時間の流れが急速に早くなった気がした。

これまで一秒でも早く未来へ進め、解決のときへ近づけと思っていたのに、今は待ってと思う。

「じゃ、行きましょう松坂さん。景虎とぶつかるにしても、飛龍を捜して助け出すにしても、まずは態勢を整えないことには」

少しだけ、少しだけでいいからときを止めて。

どうか自分にも説明させて。

日本には行けないわけを、荒屋敷と結ばれることが無理なのだというわけを――――!!

「けど、鬼塚総長ならやってくれるでしょう。今のおかしな李家を立て直し、飛龍が統治していた元の李家に戻し、何よりこの街からデッドゾーンなんかなくして。日本を表裏から侵略なんて百万年早いって。正面切った経済戦争なら知ったこっちゃないが、その裏にまで手を出すなよって。日本の極道を巻き込んで、喧嘩を売って、ただですむと思うなよって――――骨の髄《ずい》までわからせてくれるでしょう。景虎の奴に」

「だな」

しかし、桃李が何一つ言わせてもらえないまま、荒屋敷は松坂と共に忙しくサロンを出て行った。

「さ、店の者に空港まで送らせます」

「いえ！　私は一人で大丈夫です。どうかあなたは、ご自分の仕事をなさってください。大切な仕事をしてください」

「これが一番大事な仕事ですよ。あなたをもう、二度と李家に帰すわけにはいかないんです」

遠埜は笑顔で銃口を突きつけ、桃李を何が何でも空港へ、そして日本へ追いやろうとする。

「そんな!!」

桃李は、仕方なく一度遠埜の言いなりになった。

「くれぐれも慎重にな」

「はい――――って、言ってる傍から！」

一緒に駐車場まで下りていき、そして彼以外の社員が自分を拘束しようとした瞬間を狙い、その場から一気に逃走した。

「あっ!!　追え。彼を捕まえて空港に送れ。絶対にだ！」

「はい！」

どんなに生まれは違っても、すでに二十年は住んだ土地、街だ。たとえ支店を構える社員たちであっても、巧みに裏道から路地裏から走って逃げる桃李を捕らえることは困難だった。

『凱克の気持ちは嬉しい。本当に嬉しい。けど、私は日本へは行けない。すべてが景虎のせいになっているのに、そんなことできない！』

桃李は追いかける社員たちを完全にまいてしまうと、ホテルに先回りされていることを危惧して、自宅へ向かった。

桃李の自宅は空港のある松山区だ。チャーター便を手配しに行くだろう遠埜によほどの確率で見つからなければ、逆に追っ手を避けられる気がしたのだ。

だが、そんな桃李がタクシーを捕まえ、乗り込んだときだった。

「何？　王、どうしたの――――え⁉　景虎が俵藤を捕らえに行った⁉　どうして⁉　なぜそんなこと！」

王からかかってきた携帯電話に出ると、桃李は更に驚かされ、そして追い詰められた。

〝桃李様が出かけられたあと、翔英が手配していた日本のヤクザが動くと連絡があって。それで、こちらも動かざるを得なくなって…、景虎様もやむを得ず〟

どんなに桃李が景虎や王を押さえることができても、同時に動く翔英までは押さえきれない。

ましてや日本で動く播磨組となったら、その動向さえ把握しきれないのが実情だ。

「そんな…。だからって。今、そんなことをしたら、話がおかしくなるだけだ。相手に余計な怒りを生むだけで――――。とにかく、景虎には中止を命じて。それが間に合わなかったら、絶対に俵藤たちを傷つけるなと言って！」

それでも桃李は、荒屋敷が口にしたことを思い起こして、次の行動を考えた。

彼がこれから起こす行動こそが桃李の望みだった。

景虎や王、そして李家一族すべての望みだったから――。

＊＊＊

桃李の願いも虚しく、景虎は俵藤を捕らえると一度自宅へ戻ってきた。

計画では俵藤とお付きの者たちをまとめて捕らえる予定だったが、ここでも俵藤は舎弟たちだけを逃がして、自分が捕らわれの身になった。

寸差で松坂と荒屋敷が駆けつけたこともあり、景虎もそれ以上の欲はかかずに立ち去った。

捕らえた俵藤を奪い返されては意味がない――逃がした舎弟たちが松坂や荒屋敷と合流することになったが、ここは俵藤が捕らえられたことでよしとした。

しかし、そんな景虎を待っていたのは、とうとう我慢も限界を超えたのだろう鬼塚からの報復であり警告だった。

「鬼塚が背後にいるだろう投資会社から、台北プレジデントが敵対買収宣言を受けたのは、俵藤を捕えてからものの十分も経つか経たないかだった。万が一を想定して準備されていたんだろうが、敵ながらあっぱれだよ。俺にはない才能だ――恐れ入ったよ」

大概の報復処置は想定していたが、まさかこんな形で動いてくるとは思っていなかったので、景虎は翔英からの連絡にも笑うしかなかった。

他のことならいざ知らず、ホテル経営や管理だけでも紛糾していた景虎だ。その上をいくだろう株式事情のうんぬんを楯に取って挑んでこられても、王に「専門家を呼べ」としか言えなかった。せいぜい理解できたことといえば、鬼塚にとって俵藤という男の価値が、この台北プレジデントの本店ほどのものだということ。場合によっては、それ以上だということぐらいだったのだ。

〝何ふざけたことを言ってるんだ。奴に株を動かされたのは台北プレジデントだけじゃないぞ。海洋石油化学もだ〟

「海洋石油化学？　この台北プレジデントだけではなく、中国政府直下経営の海洋石油化学の株まで動かしていたのか⁉　鬼塚は」

その上、驚かされたことはまだあった。

どんなに株式市場にうとい景虎でも、中国の大手企業である海洋石油化学ぐらいは知っていた。そして、どうしてこんな李家と無関係な会社にまで鬼塚が手を出したのか、その理由ぐらいなら見当もつけられた。

どんなに中国と台湾が別の国であっても、チャイニーズシンジケートを利用しようとする政府官僚たちには、なんら関係がない。中国のマフィアだろうが台湾のマフィアだろうが使えるものは使う。逆を言えば、マフィアの陰には常に政府の人間が関与していると言ってもいい。鬼塚は、この繋がりを踏まえた上で、こんな大がかりな仕掛けをしてきたのだろう――――と。

〝そうだ。いったい奴は何者だ？　ただのヤクザじゃないのか？　それとも、奴の後ろにこそブラックバンクが控えているのか？　確実に採算が取れることを見越したバンク側が大口融資をしたのか？　お前のホテルの株だけだって、何十億使ったかわからないだろう。その上で海洋石油化学の株の買い付けだぞ。それも、中国政府側に対して脅しに使えるほどの量だ。いったい何百億の金が動いたことになるんだ⁉　たかが一介のヤクザの指示で！〟

もっとも、鬼塚があえてこんなことまでしてきたのは景虎を完全に追い込むためであって、翔英を慌てさせるためではなかっただろう。

そもそも鬼塚はまだ知らないはずだ、李家の陰に劉家の存在があることを。

「翔英。その思い込みは捨てたほうがいいと、前にも言わなかったか？　相手は仮にも飛龍が友と認めた男だ。いざとなれば力を貸す者が多くいても不思議はない。飛龍がこのホテルを建てるときに、どれだけの金を集めたか――。それを思えば、奴が同じほどの金を集めたところで、なんら不思議はない。たとえそれ以上のものを集めたとしても、それほどの男を相手にしていたのかと武者震いがするだけだ」

〝悠長なことを言ってる場合か！　これだけの額が動くとなったら、お前も私も死活問題だろう。それにしたって、お前はまだいい。最悪ホテルの経営権の一部を鬼塚に持っていかれるだけだ。経営そのものを放棄してしまえば、躍起になって買い戻そうとする必要もない〟

しかし、結果としては鬼塚の行動に一番動揺したのは翔英だった。

〝けどな、私はそうはいかない。水面下で株を買い集められたのは、海洋石油化学や政府のぼんくら共だ。だが、鬼塚が今回の土地の買い付けやシマ荒らしのことを理由に挙げて、このまま経営権を乗っ取るまで買い付けされたくなければ、日本からの潔《いさぎよ》い撤退かつ慰謝料として、言い値で海洋石油化学の株を全部買い戻せと通告してきた。それも父とは派閥違いの、比較的に親日家という高級官僚を選んで通告してきたものだから、いったい誰がこんなことを指示したんだと、政府内でも犯人捜しだ。父の仕業だとわかれば、さすがに立場をなくす。そうなったら、私も後ろ楯をなくすんだぞ〟

そしておそらく、今後一番身の危険を晒されることになるのは翔英の実父だ。

「いいじゃないか、別に。そしたら今度は、もっと使える後ろ楯を用意すればいい。使える犬になるふりをして、優秀なご主人様に乗り換えたらいいだけだ」

だが、それがわかるだけに、景虎は腹の底から笑いが込み上げるのを抑えるのが大変だった。

よもや鬼塚がここまでやってくれるとは思っていなかった分、今すぐ彼の前に跪き、ありがとうと言って頭を垂れたいぐらいだったのだ。

〝なんだと⁉〟

そんな気持ちが抑えきれず、笑いはしなかったが、翔英への言葉がきつくなる。

「ただし、その前にあの男のことだ。立場の弱い地方議員かなんかに罪をおっ被せて、口を封じた上で知らん顔を決め込むさ。ついでにその株を買い取る慰謝料は、お前に立て替えさせるだろうから、何一つ腹は痛まない。痛むのは、お前の財布だけだ」

そのためか、笑いはしなかったが、翔英への言葉がきつくなる。

〝景虎…‼　お前、この期に及んで私を裏切るのか‼〟

「感情的になるな。俺はお前を裏切るつもりはない。ただ、お前の背後にいるあの男のことまで、俺が心配する必要はないだろうと言いたいだけだ」

マグマのように煮えくり返っていた怒気の一部が、我慢しきれず放出される。

〝景虎…？〟

「翔英。俺は、李家存続のためだけに龍頭になった。そしてお前と手を組み、禁じ手であったデッドゾーンで荒稼ぎもして、日本侵略の片棒も担いだ。これに関しては、どんな責任も負う覚悟だ。問題が起これば解決にも努めるし、いつだって命も投げ出す」

景虎は、ここへきて初めて抑え続けてきた心情を翔英に打ち明けた。

「だがな、そもそも俺が龍頭になるという必要に迫られたのは誰のためだ？　飛龍を捕らえ、世の中からその存在を抹殺し、これほどの月日、幽閉せざるを得なくなったのは、いったい誰のためだ⁉　国のため、政府のためと言いながら、私利私欲に塗れて円を欲しがり、日本侵略なんて馬鹿な真似を最初に飛龍にやれと命令してきた、あの男のためじゃないのか⁉」

誰に一番憤りを感じているのかを明らかにした。

「しかも、飛龍が意のままにならないと知ると、奴はあらゆる方面に手を尽くして、李家を潰しにきた。表立っては政財界から、そして裏からは各州のマフィアから、寄ってたかって自分の力を誇示するように李家を、飛龍を追い詰めたんだ」

怒濤のような激怒に触れて、翔英も電話の向こうで息を呑む。

そして、それは帰宅していた桃李、傍にいた王も同じことだ。

「もちろん、それに立ち向かえるだけの気力はあっても、覆せるだけの勢力がなかったのは俺たちの弱さだ。事実であり、現実だ。それを認めたから、俺は最後まで足掻《あが》くことをやめようとしなかった飛龍に取って代わった。お前と組むことで、結果的にはあの男の望みを叶えることに荷担はしたが、あの男に李家を潰されるという苦渋を飲むことだけは避けられた」

景虎は、怒りのあまりに声を震わせていた。

「ここまで言えばわかるだろう、翔英。もっとも敬愛してきた一族の龍頭を、兄・飛龍を、俺はこの手で生殺しにした。いや、今も尚しているんだ、たった一人の、あの男の我欲のために！」

忘れもしない、あの春の夜。

飛龍はもっとも信頼していた家臣であり、そして実の弟同様に育ててきた景虎に裏切られて、悲鳴を上げた。嘘だ、なぜだと、最後まで景虎の謀反を信じることなく、薬で眠らされるまで景虎に理由を求め続けた。

だが、景虎が、桃李が、王が、龍頭である飛龍を裏切り、封じた理由など、ただ一つだ。

李家存続のため――――李飛龍の命を守るためだ。

「だが、そうは言ってもあの男は、お前の実父だ。きっとお前にとっては、俺にとっての飛龍ほど大事な男だろう。だから、これ以上のことは何もしない。お前を裏切ることもなければ、苦楽も分け合うが。あの男にかかわることだけは、遠慮させてもらう。それが、俺にできる精いっぱいの友としての証だ。劉翔英」

翔英の実父に楯突いた飛龍は、そのために命を狙われ続けていた。

それどころか、日本侵略なんどという計画が実行されないよう自らが楯となったことで、このままではいつ命を落としても不思議がないほどテロ同然の攻撃を受け続け、代わりに何人もの側近が命を落としていった。

たった今、巡りに巡って鬼塚によって、窮地に追い込まれただろう翔英の父や翔英に対して、景虎がなんの同情もできないどころか、「ざまあみろ」と心の底から叫んでいるのは、こんな経緯のためだ。

飛龍を、飛龍を友と認めた男たちを、甘く見るからこういうことになるんだ！　と。

「ただ、できればお前には、あの男と切れてほしい。自由になってほしい。俺は、お前を知ればるほど、そう願ってきた」

それでも、景虎は翔英にだけは怒りのすべてをぶつけることができなかった。

〝景虎――――。お前の思考は、この国に生きながらも、どこの誰に対しても中立という立場を貫いてきた李家の者ならではのものだ。私のような、生粋の中国人の思考じゃない。だが、そうとわかれば、ここで決別だ。お互いに寄せる友としての情は、おそらくこれからの行動の邪魔になる。自分の足を引っ張るだけだ〟

「翔英」

きっと心のどこかで、ただ利用されているだけだとわかっていながらも、肉親への執着からか言いなりになっていただろう哀れな子供には、心底からの憎しみより、同情しか湧かなかった。

〝ふっ。やはりお前はおもしろい男だったよ、李景虎。そういう意味では、私の目に狂いはなかった。もっと早くに出会いたかった。できれば、お互い龍頭になる前に〟

しかし、それでも翔英はただの子供ではない。香港マフィアの若き龍頭・劉翔英だった。景虎の本心に触れ、そして苦渋を理解し、これはこれで納得したのだろうが、ここが岐路だと悟ると潔い選択もした。

〝桃李にも、よろしく言ってくれ。もう、二度と酒を酌み交わすことはないが〟

景虎と桃李に別れを告げて、そのまま電話をぷつりと切る。

この先翔英がどう動くのか、もはや景虎にも桃李にもわからない。

「だ、そうだ。聞こえていただろう、桃李」

「景虎…」

しかし、翔英に対して感情を荒立てた景虎ではあったが、そう言って桃李を見たときには、かなり落ち着いていた。

「どうやら俺が俵藤を捕らえたことで、一気にことが進んでしまったようだ。それも、想像以上に。こんなことなら、最初から俵藤に照準を合わせるべきだった。そうすれば、すぐにでも鬼塚が動いた。お前を荒屋敷に向かわせる必要もなかったのにな」

「それは結果論。そんなことより、ここまでことが動いているなら、捕らえた俵藤を一刻も早く無事に解放するように仕向けて。彼の任務は飛龍の安否確認、それだけだった。飛龍が日本に向けてこんな攻撃をするはずがないと信じた鬼塚が、その裏づけを取るために送り込んできた使者だ。しかも、そんな俵藤の手助けをするためにこの地へ来たのが凱克で…。どちらも、結果的には私たちが一番望んだ使者――飛龍の心からの味方だ」

桃李にしてもそれは景虎と同じで、李家のシンボリックタワーとも呼べる台北プレジデントの経営権の一部を鬼塚に押さえられたというのに、微笑さえ浮かべていた。

公開買い付けで株を買い足されれば、筆頭株主が鬼塚になってしまうことさえ可能な域に入っているのに、気にかける様子がまるでない。

「それに、凱克は正真正銘ブラックバンクの幹部だ。俵藤に荷担しているのは個人的な理由のようだけど、それでも間違いなくブラックバンクの大幹部。一度死んだことにはなっているけど、そのことを生かして会長や副会長の補佐をしているような立場の男だ。それがわかった以上、もう、変に心配する必要はない。彼らを無事に日本に返せば、あとは鬼塚が出向いてくる。そして、私たちに飛龍の解放と共に李家の龍頭交代を求めて、必ずもとの形に戻してくれるだろう」

なぜなら、桃李や景虎たちにとって、これは待ち望んでいたことだった。

飛龍を幽閉したその日から、一日も早く訪れることを願っていた現龍頭の失脚と飛龍の復活への足がかりだった。

「それに鬼塚は、私たちの想像を遥かに超えた戦略で、中国政府にまで直接釘を刺してくれた。さすがに中国政府だって、あの男だって懲りたはずだ。今後迂闊に日本をどうこうなんて言わなくなるだろうし、龍頭に復帰した飛龍に、李家に、無理難題は押しつけないだろう。謂われのない攻撃だってもう、さすがに仕掛けてこれないはずだ」

景虎が翔英に対して胸の内を明かしたように、あのとき桃李たちは飛龍を失脚させることでしか、李家への攻撃を中断させることができなかった。

たとえいっとき悪魔に魂を売り渡し、翔英や翔英の実父の意に沿わなければ、飛龍共々生き延びることさえ難しかったのだ。

日本侵略を阻止せんと、飛龍が逃げることも背を向けることもしなかったから。

「ここまでお膳立てができれば、これ以上の犠牲はいらない。俵藤のことで、部下と凱克たちを争わせる必要もない。だから、ここは上手く俵藤を逃がして。俵藤さえ取り戻せば、凱克たちはすぐにでも日本に帰る手はずになっている。だから、ね。景虎」

そんな中、窮地に追い込まれた桃李が、あえて龍頭となって悪事に手を染めることを選択したのは、一か八かの賭けだった。これこそが難から逃れるための時間稼ぎだった。

飛龍が友と呼ぶ男が、鬼塚をはじめとする関東の漢たちが、危機的な状況に陥っている李家や飛龍に気づいてくれるかどうか、攻撃することで賭けたのだ。

「――――そうだな。わかった。なら、あとは俺がどうにでもするから、お前はもうかかわるな。ここで、すべてが終わるのを待っていろ。必ず、荒屋敷が迎えに来るだろう」

ただ、この賭けは、勝っても負けても桃李たちがリスクを負うことは免れないものだった。いかなる結果になろうとも、ことを起こした責任を取るのは桃李たち。命懸けの覚悟を以て挑んだことだった。

「それは、どういうこと。景虎」

「俺が奴なら、こんな危険なところにお前を残していかないってことだ。この李家から攫ってでも、お前を安全なところへ連れていく。そしたらそれは自分のところ、日本しかないだろう」

それなのに、今になって景虎は、桃李からその責任を剥奪しようとした。

まるでつい先ほど荒屋敷に言われたことを、聞いていたのか思うぐらい、彼の心情を見抜いた上で、桃李を鬼塚の手にかかるしかない李家から追い出そうとしたのだ。

「王。桃李を部屋に閉じ込めておけ。ことがすんだら荒屋敷に引き渡してくれ」

「…っ。景虎様」

「馬鹿なことを言わないで！　行くわけない、日本へなんて。だいたい私は李桃李だ。今の李家の龍頭だ！　飛龍を幽閉し、翔英と組んで日本侵略を実行し、デッドゾーンを大切な故郷にばらまき、たくさんの犠牲を出してきた。これらはすべて私が企み、景虎たちに実行させてきたことだ！」

景虎がここにきて、桃李だけでも逃がそう、生かそうとしていることは否と言うほど理解できた。これは景虎からの愛であって、裏切りではない。

誰より桃李を大切に思っているからこそ、幸せになることを望んだに過ぎないだけだ。

「これだけのことを起こしてまで、自分がこの先、生きていていいなんて思っていない。どんなに飛龍や李家を守りたかったとはいえ、許されることだなんて思っていない。自分では、李家では、どうすることもできなかったから、飛龍の友を標的にした。あえて鬼塚たちの怒りを買うことで、飛龍が非常事態に陥っていることを察してくれるよう祈った」

しかし、桃李にとってはこんなに残酷な愛はない。

受け入れがたい幸せはない。

「鬼塚は、飛龍の友は、すべてを完璧にやり遂げてくれた。でも、本当の解決はこれからだ。悪事の限りを尽くした実弟が裁かれ、誰もが納得できる終演を迎えなければ、飛龍が返り咲いても、李家そのものが許されない」

今になって景虎たちと責任を分かち合うことを阻止されるのは、裏切り以外の何ものでもない。

「だから、私は景虎や王、一部の側近たちには、ときが来たら一緒に死んでほしいと頼んだ。他の者たちは私たちに動かされただけ――それでまかり通るが、実行犯となる者たちだけは、許されてはいけない。だから、飛龍と李家のために一緒に死んでほしいと」

桃李にとっての幸福は、戦争を仕掛けながらも敗戦した側の戦犯者として、李家の龍頭として、潔く鬼塚に命を投げ出し、飛龍復活への足がかりにしてもらうことだ。

「わかったと言ったじゃないか。一緒に、死のうと言ったじゃないか。なのに、今更どうして私だけが逃げのびられる⁉ 凱克と共になんて、生きられるわけがないじゃないか」

それなのに――そう思えば、桃李はこの場になって初めて、信じていた身内に裏切られた飛龍の痛みを知った。彼がどれほどの衝撃を受けたのか、我が身で思い知った。

「それでも、お前だけは安全なところやらなければならない。これは飛龍の望みだ。〝桃李だけは安全なところへやれ〟。飛龍が俺に、最後に別れを告げたときにそう言った」

「景虎!!」

桃李の頰に、堰《せき》を切ったように涙が溢れた。

しかし、ここまできて景虎はこれが飛龍の望みだと笑ってみせる。

「王。どんなに俺より桃李の命令に従うお前でも、飛龍の命令なら絶対だろう？　お前だけじゃない。共に死のうと誓った者たちだって、この命令にだけは逆らえまい？」

「それは、喜んで従うことでしょうな」

「王！」

これは我らが敬愛する龍頭が懇願した命令なのだ、従わないわけにはいかないのだと、桃李にむごい理解を求める。

「あとは頼んだぞ、王」

「景虎」

もはや、桃李に龍頭としての命令権は残っていなかった。

「さ、桃李様。言われたとおりに」

「放して、王。放せ、王！」

景虎も王も最後は飛龍に従い、そして、再び彼を玉座に戻すためだけに、最期のときを刻み始めてしまっている。

『景虎は、死ぬ気だ。鬼塚を待つまでもなく、ここでけりをつけるつもりだ』

桃李は、こんな大切なときだというのに、王の手により自室に軟禁された。

『そんなことはさせない。絶対に、景虎一人にすべてを負わせるなんてことはしない』

部屋には景虎や王と心を同じくする側近たちが見張りに立ち、いっとき自由を奪われた。

6

行きがかりとはいえ、捕らえた俵藤を車に乗せた景虎は、この先いかに自然な形で荒屋敷や松坂たちに彼を引き渡すかを考え始めていた。

「どちらへ向かいますか？　龍頭」

「とりあえず、事務所へ。松坂たちが血眼《ちまなこ》になって捜しているだろうから、下手なところに隠れたら見つけてもらえない。わかりやすく動かないとな」

「了解しました」

なにせ日本では、翔英から依頼を受けた播磨組が勝手気ままに動いている。今、この瞬間も、鬼塚の首を狙って何らかの行動を起こしているが、翔英と連絡を絶ってしまった景虎には、その詳細がわからない。だったら向こうは無視して、俵藤を逃がしてしまえばいいかとも思うが、ここまでくると何がどう動くのかわからない。どう動いても不思議がないことから、まずは様子を確認してから解放することにした。

形としては、松坂たちに奪い返してもらうことが望ましい。

欲を言うなら、自分を殺っていってくれれば、この先の流れは簡単だ。

龍頭・景虎が没したことで、現状の李家はいったん機能が停止する。そこへ鬼塚が仕切りに入るなり、王が飛龍を復活させるなりすれば、景虎は悪名高く、無能な龍頭として名を残すだけだ。

「下手な演出なんか考えず、今からでも、ことの成り行きを全部鬼塚にゲロしちまったらどうだ？　あいつは天下一の甘ちゃんだからな。これ以上死人が出るぐらいなら、これが涙ぐましい兄弟愛の末の戦争だってわかったほうが、俄然張り切るぞ。なんなら俺がチクってやろうか」

「？」

しかし、考え込んでいた景虎に対して、何を思ったか突然俵藤が話しかけてきた。

「悪いな、さっきのお前らの話、隣の部屋で繋がれていた俺にも丸聞こえだった。これでも東南アジア系の言葉ならいくつかいけるんだ。〝ジャパゆきちゃん〟なんて呼ばれる娘たちに店を与えて、稼がしてもらった実績があるからな」

「…俵藤っ」

まさかここで彼にすべてを知られるなんて。景虎は動揺からか、二の句が継げない。

「――――で、話を戻す。だいたいからして飛龍が悪い。お前たちにこんなことさせるほどヤバイ状態になっているなら、鬼塚でも園城寺でも助けを求めりゃよかったじゃねぇか。それこそ、中国の役人一人がド阿呆な計画立ててるから、気をつけろってたれ込むとか。もしくは、一度そっちから痛い目に遭わせて黙らせろって言えばよ」

だが、俵藤が相変わらずひょうひょうとしているものだから、景虎も自然と笑いが込み上げた。

「それができれば、飛龍は死を覚悟してまで、どうにかしようとは思わなかっただろう。飛龍には自分の手で友や友の国を守りたいという思いの反面、我々のことは我々の手で片づけたいという自尊心があった。あえて恥を晒したくない。これは、一人のチャイニーズマフィアとしての面子だ」

こんなことは言い訳に過ぎない。誰にも言うつもりがなかったのに、なぜかこの男には言わされる。

「面倒くせぇ面子だな。まあ、嫌いじゃねぇけどよ」

景虎は、少しだけ日本の友を語るときの飛龍の気持ちがわかった気がした。

彼らの優しさや情の表現は独特だ。変な面子の張り合いがない。

人によるかもしれないが、景虎が知る限り、そう思わされる。

「ところで、借金の話は冗談だよな？」

だからだろうか、こんなときだというのに、自分も心を開いた。

「は？」

「あれが本当なら、あなたこそ友に頼るべきだ。ブラックバンク相手に踏み倒しは危険すぎる。

桃李は本気で心配していた」

普段、冗談など言わない男だけに、景虎の言葉に同乗していた側近たちも少し驚いている。

「桃李…。ああ、実は黒幕って兄ちゃんか。確か、荒屋敷がどうこう言ってたが…？」

「あなたと一緒に日本へ連れ去られる予定だから、向こうへ行ったら、よろしく頼む」

「よろしくって…」

「飛龍が李家の神なら、桃李は家宝だ。できるだけ大切にしてやってほしい」

だが、景虎は誰かに頼んでおきたかった。命があるうちに、荒屋敷とは別の人間にも。

それが思いがけないところで叶い、肩の荷が一つだけ下りた気がした。

「泣かせる男だな、お前も。一生いい人で終わる典型だな」

「ん？」

「だから、日本じゃお前みたいな男を――!!」

しかし、そんな穏やかな会話は、突然車内に撃ち込まれたマシンガンの弾によって、未来永劫遮断された。車はスピンし事務所近くの壁にぶつかり大破。前後についていい護衛車二台も同様だ。

「き…、奇襲ですっ…景虎様。自宅から…、つけられていたようです…」

それでも意識があるうちは、景虎は隣に座らせていた俵藤の安否を気遣い、無意識に探った。

「何――――ぅっ!!」

そんな腕から胸にかけて、更に至近距離で銃弾が撃ち込まれる。

「景虎…っ」

隣の席からは、俵藤が車の外へ引きずり出されていくが、すでに怪我を負っているため、まともに歩くことが叶わない。

「っ…、お前…っ」

「悪いが、この男は貰っていくぞ李景虎。どうせお前たちには、大した使い道もないんだろうからな」

朦朧とする意識の中で景虎がその目に映した相手は、ライフルを構えた中老だった。

「お前と組んでからというもの、翔英様はずいぶん生ぬるい方になられた。このままでは、我ら劉家のほうが滅びかねない。この機会に、目を覚ましていただかないとな」

これが翔英の命令ではないことだけは、確信した。が、その瞬間、中老は自らとどめの数発を景虎の身体に撃ち込み、ニヤリと笑うと車から離れた。

「引き上げるぞ」

一瞬の、瞬く間の出来事だった。

前の座席から、かろうじて意識を保っていた側近の一人が身を捩って声をかける。

「景…虎様っ…」

「景…っ、景虎様っっっ!!」

見るも無惨な主の亡骸《なきがら》に、慟哭《どうこく》が響く。

そして、その悲劇はすぐさま王の元に伝えられた。

「なんだと!? 劉家から奇襲に遭い、俵藤を奪われた!? 劉の中老に景虎様を殺られただと!」

〝あいつらは…、俵藤を使って、鬼塚を追い込むつもりです…。おそらく、海洋石油化学の株の件で、よほど――〟

伝えてきた者も途中で息絶え、俵藤を乗せて移動中だった景虎を含む十人が絶命に至った。

「蓮《レン》、蓮っ! 誰か、すぐに景虎様たちを迎えに行け! 事務所に行く途中のはずだ」

「はい!!」

普段は慎ましい王が、怒号を上げた。

「っ、おのれ…劉っ。捜せ! とにかく何が何でも劉家の者たちを捜せ! そして必ずや俵藤を奪い返すんだっ」

そして、そんな声は桃李や桃李を軟禁していた側近たちのもとにまで響き、彼らを一斉に王のところまで走らせた。

「王…。今の話は…?」

「っ、桃李様」

「俵藤が奪われたって…。景虎が、劉の中老に殺られたって…、どういうことだ!!」

あまりに突然逝ってしまった景虎たちを、桃李はすぐに受け入れることができなかった。

生まれたときから兄弟同然に、それ以上に近しく育った男が一瞬のうちに命を絶った。

信じられない。信じられるはずがない。

だが、そうするうちにも、悲劇は更に起ころうとしていた。

「お気を確かに、桃李様! 今は俵藤だけでも救わねば。とにかく、捜し出せ!!」

桃李や王たちが必死に俵藤の行方を追い、そして見つけ出したときには、すでに事態は最悪な展開に陥っていた。

「この中です。日本と通信を取り合いながら何か交渉しています」

俵藤が連れ込まれたのは、台北松山空港傍にあった所有者もわからないような小さな倉庫。入り口から覗いただけで、中に多くの人影が見える。

「よし――――突入。俵藤以外は皆殺しにしても構わない」

連れ去られた段階で、俵藤が瀕死の状態であることが充分想定できていたことから、王も桃李も躊躇いがなかった。

「はい‼」

しかし、そんな彼らが敵陣の中に突入したときだった。

「ふざけるなっ、テメェらに嬲られる命なんざ持ち合わせちゃいねぇ！」

人質となっていた俵藤が手錠に繋がれた両手で傍にいた男から銃を奪うと、誰を撃つでもなく、銃口を自身に向けた。

「俺と李のことは気にするな、鬼塚‼　そんな奴らは、殺っちまえ‼」

桃李の黒々とした双眸が大きく開かれた瞬間、二発の銃声が続けざまに鳴り響き、そして俵藤自身を撃ち抜いた。

「――――俵藤さんっ！」

桃李は無我夢中で、身を崩す俵藤目がけて走った。

「退け、退くんだ！」

背後からは桃李を援護する側近たちが乱射するも、中老は俵藤が自決し、桃李たちが乱入してきたと知るや否や、即座にその場からの撤収を号令した。

『どうして？　なぜ？』

力尽きて崩れる身体を支えようと、桃李が手を伸ばす。

『景虎ばかりか、俵藤までこんなことに⁉』

抱きかかえた瞬間、俵藤の胸から血が噴き出し、桃李の視界が真っ赤に染まった。

その白い頬も、艶やかな黒い髪も。

彼を抱いた両手や胸、そして足元にさえも。

桃李は目の前で死んで逝った俵藤の血を浴びて、全身を赤く染めていく。

鉛のような臭いが鼻孔をついて、本能さえも狂わせる。

「ここか――――っ、俵藤さん‼」

すると、ここにきてようやく銃声を聞きつけた松坂たちが、確信を持って飛び込んできた。

『松坂さん…っ』

真っ赤に染まった視界と俵藤の遺体が、そして俵藤を慕い駆け込んできた漢たちの姿が、桃李に一つの現実を思い起こさせ、また悔いても悔やみきれない後悔を覚えさせた。

「俵藤さ…、桃李⁉」

『凱克…っ』

その場に残っていたのは、皮肉にも李家の者たちだけだった。

「まさか…、桃李？」

俵藤の姿を目にした瞬間、怒りに震えた松坂や舎弟たちが一斉に桃李や王たちに銃を向けた。

「いけない。一度引き上げましょう、桃李様」

「王っ」

今は松坂たちに状況を説明している場合ではない。

そんな間もないうちに、このままでは王も桃李も皆殺しに遭う。

「待て、桃李！　お前が殺ったのか？　まさか…、俵藤さんを。よりにもよって俵藤さんをお前が殺ったのか！」

王の判断に間違いはなかった。桃李は「違う」と叫ぶ間もなく、その場から引き離されていく。

「嘘だよな⁉　そんなはずないよな？」

信じがたい現実を前に、荒屋敷が悲鳴を上げた。

「許さないぞ、桃李。お前が俵藤さんを殺ったというなら、俺は死んでもお前を許さないぞ！」

銃声が行き交う中、何度も何度も叫ばれた。

「違うと言えっ。頼むから、私じゃないと言えっ…、桃李‼」

しかし、この場を離れることを最優先にされた桃李が返せる言葉は何一つなかった。

「言わなければ、俺はお前を許さない。たとえ地獄の果てまで追いかけても、お前だけは俺が殺る。俺がこの手で殺るぞ、桃李っっっ！」

どんなに悲憤に満ちた荒屋敷の悲鳴を耳にしようとも、桃李は張り裂けそうな胸を押さえて、彼の名を思うことしかできなかった。

『凱克…っ。凱克――――凱克っ！』

＊＊＊

東京――――磐田会総本家。

鬼塚をはじめとする磐田会の傘下組長たちは、帰国した松坂から李家の現状報告を受けていた。

「現在の李の当主は、飛龍の腹違いの弟で景虎。飛龍が実業家として表に出るようになってから一手に裏を仕切るようになったらしいのですが、そこで出回り始めたデットゾーンに手を出し、荒稼ぎ。飛龍に処罰されそうになったところで、クーデターを起こして当主の座を略奪したそうです。その後は飛龍を筆頭に側近幹部たちを捕らえて、どこかへ幽閉。さすが腹違いとはいえ実の兄に手をかけることは躊躇われたようなんですが、それ以外はやりたい放題のようです」

所在がわからない飛龍や、台北に密偵として送り込んだ俵藤への気がかりもあり、一度は血を流すことなく経済制裁をすることで李家への報復と警告を行った鬼塚だったが、それもここまでのようだった。

俵藤の死は鬼塚だけでなく、遺体を持ち帰った松坂に、燃やし尽くさなければ消えることのない復讐心を芽生えさせていた。

そしてそんな憎悪は、これまで松坂が得てきた情報や仮説、俵藤を死に追いやられた現実と相まって、真相からはだいぶねじ曲げられて報告される形となった。

「――――で、わざわざ日本の土地を買い叩き、その上所場代まで横取りしようってか」

「はい。ただ、これには理由があります。影虎のほうは飛龍ほどの商才がないようで、現在展開している事業だけでは、これまでのようには利益が上げられない。かといって、株主の中には離れてほしくない有力者が多数ですから、繋ぎ止めておくためにも、どこかで穴埋めはしたい。できることなら自分のほうが経営者としても飛龍より上だと評価されたいわけですから、肩に力も入ったんでしょうね」

すべてを知る俵藤は、もういない。桃李や王が言い逃れをすることも、まずないだろう。

そうなれば、ここで交わされた話が、鬼塚と李家にとっての現実、すべてになる。

「――ただし、そんな状態で総長から経済制裁の警告を受けたわけですから、向こうもすったもんだかと思いますよ。カジノホテルの買収だけなら李家の問題ですむ。ですが、中国政府御用達の海洋石油化学の株まで動かされたとなったら、さすがに背後にいるだろう黒幕からもきついお叱りがくるはずですからね」

「領土侵犯に御法度の薬の横流し。そうまでしなきゃ稼ぎをフォローできないってところで、兄の足元にも及ばないってわかんねぇのかな」

もう、待ったは利かなかった。

鬼塚も傘下の組長たちも、決戦を仕掛ける覚悟を決めていた。

「なんにしても、こっちは大きな代償をすでに払ってるんだ。影虎にはそれなりのもんを返してもらう。そして李飛龍を見つけ出して救出、李家をもとの状態に戻す。俺はカジノホテルの経営なんかするつもりはないからな――飛龍には、復帰してもらわないと」

それでも鬼塚が李飛龍の救出を断念せず、また彼を李家の者として憎むこともなく、攻撃の標的から外したことは、桃李たちにとっては唯一の救いだ。

また命懸けでここまできたことへの確かな勝利だ。

『桃李――』

しかし、桃李たちがどれほどこの成り行きを覚悟していたとはいえ、それがわからない荒屋敷にとっては苦痛なだけだった。

「荒屋敷。総長はすべての落とし前をつけに、明日台北へ向かうと決めたが、お前はどうする？」

どんなに李家に対して憎しみしかなくても、松坂も荒屋敷のことを思うと言葉がない。

「――――ここまできたら、見届けますよ。桃李には、どうしても聞きたいこともあるし」

「そうか。なら、一緒に行こう」

どうして荒屋敷に言われたとおりに空港へ行かなかったんだと、松坂は桃李を責めたい。あの場にさえいなければ、これほど荒屋敷が苦しむことはない。桃李自身もそれはそうだろうと思うからだ。

「すみませんでした。私が、彼を逃がしたばかりに」

遠埜に至っては、責任を感じすぎて、ＪＣＣを辞職してしまった。

この結末を、責任をもって見届けたいがために、荒屋敷と共にブラックバンクを去り、今は松坂のもとに身を寄せている。

「言い出したところできりがないって。それより、まだ気になるか？　荒屋敷」

「はい。やれることはやったし、現実も見た。どう考えても、迷う必要はないと思うんですが、これだけがね――――。マフィアが扱うには粗末すぎるデッドゾーンが、何か、まだ目に見えていない真実を知っている気がして」

それでも、どんなに悩んだところで、明日には決着がつくだろう。

鬼塚は完全な戦闘態勢を組んで、李景虎と話をつけるために台北へ渡る。

『いくら稼げるって言っても、こんな依存性を感じない薬なんて…、なぁ』

そして、松坂や荒屋敷もそれに同行するのだから――――。


喪に服する意味もあり、全員が黒スーツという出で立ちで鬼塚たちが台北松山へ降り立ったのは、翌日の夜のことだった。

傘下の組長数名、そして松坂や荒屋敷を含む総勢百五十名が鬼塚のあとに従い、この姿で現れたのだ。空港内が一瞬にして凍りついたことは言うまでもない。

空港職員からはすぐに警察へ通報され、鬼塚たちがロビーを歩くだけでも緊張が走った。

しかし、そんな鬼塚たち一行の前に、真っ正面から向かってきたのは警察とは無縁そうな男たち。

「誰だあいつは？」

四方をエスコートと思われる屈強な男たちに囲まれているのは、以前にも増して笑顔が消えた翔英だ。彼もまた喪に服しているのか、全身黒を纏っている。

「なんだ貴様!?」

「誰だお前は？」

翔英たちが鬼塚の行く手を阻み、正面を塞いだものだから、左右にいた側近たちが声を静かに威嚇した。

ここで警察の世話になるような問題を起こすわけにはいかない。双方慎重だ。

翔英は一歩前に出ると、鬼塚たちに微笑んでみせる。

「磐田会総長・鬼塚賢吾に用がある。私は香港マフィア劉家の龍頭・翔英。いつぞやはうちの一個小隊がお世話になったので、ぜひ礼が言いたくて」

最初に視界に捕らえたときには、李家の者が迎えに来たのかと思った。が、素性を名乗られ、すぐに違うことがわかった。ここにきて初めて聞く名に、鬼塚は怪訝そうな顔をする。

「俺が鬼塚だ。一個小隊とはどういう意味だ」

「飛龍が消えた間、李景虎のパートナーを務めていたのが私の劉家だったということさ」

すると、翔英は李家にとって一生闇の中に葬られるであろうと思われていた事実を、自ら語った。

「ただ、俵藤という男の件では、私の管理が行き届かなかった。あの日、私の命令を無視して勝手をした者たちには、すでに制裁を下したが…。これがその証だ」

それどころか、エスコートの一人に持たせていた小型のアタッシュケースをその場で開けると、鬼塚でさえ息を呑むような中身を見せる。

「っ」

「もっとも、荷物になるだろうから、これはこちらで処分するがな」

無造作に詰め込まれていたのは、人の指。それも小指どころか親指や他の指とわかるものまで交じっており、見ただけでは何人分あるのかわからない状態だ。

日本の極道の指詰めに倣ったのだろうが、これには傍にいた側近たちまで失笑気味だ。

「これまで李家を隠れ蓑にしてきたなら、どうして今ここに出てきた?」

それでも鬼塚は、新たに得た情報をもとに翔英に切り込んだ。

自爆をした一個小隊の送り主がこの男だというなら、それは伏せて置いてこそ意味がある。今後も暗躍しようというなら、翔英にとってはもっとも都合がいい話のはずだ。

「死んだ友にすべての責任をなすりつけるほど、私も卑怯な男じゃない」

しかし、翔英は真っ直ぐに鬼塚を見据えて言ってきた。

「——死んだ?」

「景虎を殺ったのはこの男だ」

「っ!」

再び鬼塚に「これも見てほしい」とつけ加え、翔英がスーツの懐から出したのは携帯電話の画像。再生されたそれには、野生の大トラ三頭がいる檻の中に、生きたまま放り込まれて嬲り殺されていった中老の姿が録られていた。

「この男が、先日景虎を襲い死に追いやった。そして俵藤を攫い、結果的には俵藤の命をも奪うことになった。ここだけは説明しておかないと、私も目覚めが悪いんでね」

翔英の説明で、あの日の真相がわかっていく。

「景虎は、私に頼まれて俵藤を捕獲していただけだ。おそらく、どうやって私を裏切ることなく俵藤を逃がそうか、考えていただろう。せこいやり方は好まない男だった。だから堂々と名を出して、地上げもしていた。陰に隠れてコソコソしていたのは、私だけだからな」

鬼塚たちからは知ることができなかった李家の真相、深い闇に包まれていた部分がわずかだが明らかになっていく。

翔英は鬼塚にそのことを告げると、手にした携帯電話をたたんで懐へ戻した。

「そうそう。話のついでに教えておこう。そちらの言い値で提示されていた海洋石油化学の株は、すべて私が買わせてもらった。初めは痛い出費だと思ったが、おかげで多少なりにも政府にものが言える立場になった。心から礼を言う。あれだけの数の株、私一人ではとうていかき集めることもできないだろうから、かえって助かった。ありがとう」

そして、鬼塚の請求が受け入れられ、買い取られた株がどこへ渡ったのかまで嫌味たっぷりに説明すると、

「じゃあ、いずれまたどこかでかかわることもあるだろうが、今日のところはこれで」

翔英は一通りの用件を終え、短いが深い立ち話を終わらせた。

「そうだ、最後に。桃李と乾杯するときには気をつけろよ。あれは、見た目によらず海量《ざる》な花だからな。面子にこだわると、殺されかねないからな。――ふっ」

思い出したようにつけ加え、もう二度とないだろう宴を胸に、エスコートたちと共にその場から離れた。

「総長。これはいったい」

翔英が離れると、松坂が身を乗り出して鬼塚に確認した。

「――ようは、何もかもが景虎のせい、李家のせいってわけではなかった。俵藤さんを死に追い込んだのも、すでに始末された男たちと播磨の連中だったたってことだろう」

「ってことは、桃李たちがあの場に居合わせたのは、奪われた俵藤さんを取り戻そうとしていたってことも…、荒屋敷」

新たに生まれた仮説に安堵を覚え、松坂が荒屋敷に目を向ける。

「――――」

何も言わないまま王によって連れ去られた桃李。

しかし、思い起こせば荒屋敷たちが踏み込んだ際、俵藤の亡骸を抱いていたのは桃李だ。

全身を俵藤の血で染めながらも、自決した男の亡骸を冷えた倉庫の床に触れさせることがなかったのは他の誰でもない、桃李だ。

それなのに、あの場の正しい状況を判断しきれないまま、一方的に桃李を責めた。

荒屋敷に松坂のような安堵は感じられない。

湧き起こるのは言いようのない後悔ばかりだ。

「それにしても劉翔英か。香港マフィアと名乗ったが、総長が手を尽くして買い集めた海洋石油化学の株を全部引き取ったって、何者なんだ？」

「よっぽど悪事で稼いでいるか、バックに石油王でも抱え込んでいるか。なんにしても、普通じゃない。また変なのが出てきたってことでしょうね。総長」

こうなると、これから先磐田会は、鬼塚は、いったい誰を相手にすることになるのか？

李家とけりがつけば、このチャイニーズマフィアとの一戦は終演を迎えるのではないのかと、側近たちが不安を覗かせる。が、これればかりは鬼塚もわからない。

「そうだな」

今は李家に出向いて、そこで少しでも真相を聞き出し、ここまでの経緯を相手側から明らかにしてもらうしかない。

「ん？　あれは」

ただ、そんな鬼塚たちが移動を再開したときだった。

今別れたばかりの翔英が、やはりエスコートを数名従えた年配の男と背中合わせにベンチへ腰掛け、何やらやりとりをしているのが目に映った。

「金は用意してきたか？」

「ここに」

年配の男は身なりも風格しっかりしており、かなりの地位を持っているのが態度に表れていた。

翔英は、鬼塚が見せられたアタッシュケースとは別のタイプのそれを、素知らぬ顔で男の荷物に紛れ込ませている。

「お前はいったいどんな打ち出の小槌を持っているんだ。よくもまあ、右から左へ金を揃えるものだ。薬の密売だけではこれほど稼げまい？　お前の母親同様、この身体にものを言わせているのか？　ん？」

背中合わせに行き交う会話そのものはわからないが、鬼塚にはアタッシュケースの中身が賄賂であることは確信できた。

とすれば、相手の男が今回の騒動に絡んでいる可能性は高い。

長い間中立を守り続けてきた李家でさえ関与を逃れられない相手、黒幕的な存在があるのではないかと当初から鬼塚も予想はしていたが、翔英と景虎が手を組んでいたというなら、この予想は正解だ。

たとえ景虎とあの男が直に繋がっていなかったとしても、翔英を介して裏で糸を引き、なんらかの形で利益を貪っていたことが充分考えられる。

「とにかく。今回は、お前や景虎のおかげで、私も余計な巻き添えを食った。難を逃れるためとはいえ、こっちの政府にまで根回しをして気疲れしどおしだ。しばらく保養に出かけるから、これは治療費の一部として貰っておくぞ。後日、残りを請求するから、口座に振り込むんだぞ」

「――――わかりました。どうぞお大事に」

二人が鬼塚の視界の中で、背中を合わせていたのはものの一分もなかった。

用件だけをすませると、二人は何事もなかったように、それぞれのエスコートのもとへ戻っていく。

「結局日本侵略の一件は、身代わりを立てて自分は知らん顔。その上、ベガスに高飛びして、またカジノ三昧ですかね」

「よほど運がよければな」

その後、翔英がエスコートたちと、どんな会話をしたのかは、鬼塚の知るところではない。

そして、翔英と別れた男がどうなったのかも、知るのはしばらくあとのことだ。

「貴様、何をするっ。私を誰だと思っているんだ。無礼者‼」

「麻薬不法所持。現行犯逮捕です」

「なんだと？　知らない。私は何も知らない‼　これは、私のものじゃない！」

男は国際線の搭乗口に向かう途中で、空港警察の者たちに連行されていた。

「奴だ…っ、奴が私をはめたんだ‼」

「言い訳は聞けません。あなたも中国の官僚の一人なら、こんなときの我が国の法がどういうものか、充分承知しているはずだ」

現行犯逮捕された理由は、翔英から渡されたアタッシュケース。

香港ドルが詰められたケースの底に細工され、忍ばされていた白い粉末を、配置されていた麻薬犬によって発見されたからだ。

「やめろっ‼　やめろっ。私はこんなもの知らない！」

抵抗し続ける男の声は、この場を静かに立ち去る翔英の耳にも、微かに届いていた。

「――――龍頭？　まさか」

「勝手に中老を唆《そそのか》し、俵藤を攫ったままでならば目を瞑る。だが、あの男は初めて私を〝友〟と呼んでくれた男を殺させた。当然の報いだろう」

最後に交わした景虎の電話が思い起こされる。

〝できればお前にはあの男と切れてほしい〟

そもそも景虎にとって翔英は、憎んでも余りある男の一人だっただろうに、それでも付き合う八ヶ月の間、彼は翔英を「友」と呼んだ。

ただの一度として不誠実な対応はせず、同志としての言動を貫いてくれた。

「龍頭……」

「これから香港に戻る。間違っても法廷であの男の言い分が通らないよう、今のうちに根回しをしておく。まあ、空港での現行犯逮捕だ。ここで密売を疑われたら、何もわからないまま運び屋に利用されたような無実の者でも投獄、場合によっては死刑だ。逃れる術はないがな」

「さようですね」

翔英が悲憤のまま起こした行動は、奇しくも今後必要だっただろう鬼塚の手間をかなり省くことになった
だが、だからといって、翔英の気持ちが晴れたかと言えば、それは別だ。

背負う運命のすべてから自由になれたかといえば、これもまた別の話だったが――――。


台北松山の外で待機していた李家からの迎えを受けて、鬼塚一行が李の本家を訪れたのは一時間も経たない夜のことだった。

「お久しぶりでございます、鬼塚様。このたびは、大変なご迷惑をおかけいたしまして、申し訳

ございませんでした」

総勢百五十名もの団体で出向いた鬼塚たちを、余裕で迎え入れた李の本家は、近隣の民家からは比べることのできない豪邸だ。周辺住民からは〝台湾王宮〟の呼び名で親しまれているほど、中国建築と西欧建築の融合を古くから継承した地域指定文化財の一つでもある。

鬼塚は、そんな本宅に到着すると、側近組長二人に松坂と荒屋敷を連れて、王に奥間へと案内された。

「そんなことより飛龍はどうした？　示談の最初の条件のはずだが」

「迎えの者が参じ、現在こちらに向かっている途中にございます」

「なら、俺と話をつけるのは誰なんだ？　龍頭の景虎はすでに死んでいるんだろう」

「――――どうしてそれを」

今日という日まで、景虎の死を一切公にしなかった王は、鬼塚の質問にただ驚いてみせる。

「空港で翔英って奴に待ち伏せを食らって説明されたんだ。これまでのことは李家だけでやってきたわけじゃない。俵藤を殺ったのも景虎じゃない。それだけは誤解するなと、偉そうに」

「翔英が…っ、さようですか」

よもや翔英がそんな行動を取るなどとは、誰も予想していなかった。

だが、王は翔英によって一つでも誤解が解けただろうことに、胸の痛みを軽くした。

誰のためでもない。それはあの日以来、言葉も心も閉ざしたまま、今日という審判の日だけを待ち望んでいた桃李のためだ。

「それで、結局示談交渉はお前がするのか？　王大老」

「いえ、龍頭・桃李にございます」

「桃李？」

しかし、ここで事実を明かされ、鬼塚より先に声を上げたのは、荒屋敷だった。

「はい。飛龍の真の実弟にして、李家のナンバーツー。我々側近一同、心を一つにしてお仕えしている現龍頭。表立って龍頭を務めてきた景虎が仕えていたのも、この桃李にございます」

王の説明が、次々と李家の実態を明らかにする。

「…っ、そんな。桃李がすべてを企み、実行させていたなんて…」

飛龍の幽閉、日本への侵略。そこに翔英が関与していたことは間違いないだろうが、それでも翔英と行動を共にした李家を陰から支配していたのは、桃李。美しく気高く、それでいてときには妖艶ささえ感じさせる東洋の大輪《オリエンタルレッド》だ。

「こちらのお部屋でございます」

動揺を隠せない荒屋敷や鬼塚たちを、王が会談の間に案内する。

「――――っ!!　止まれ」

だが、部屋の入り口に立つや否や、鬼塚は声を発して、その場に全員を止めた。

部屋の中には深紅のバオを纏い、彼らを迎えた桃李がいたが、そのパオは濡れていた。

桃李は、鬼塚が現れると同時に水差しのような容器を手に取り、中に入った灯油を胸元から足元にかけていたのだ。

そして、空になった容器をテーブルに置くと、代わりに炎を点したキャンドルを手にする。

「桃李っ」

その衝撃的な姿に声を上げたのは、その場にいた誰より炎に恐怖を感じた荒屋敷だったが、桃李の視線は鬼塚に向けられ、荒屋敷を見ようとはしない。

「初めてお目にかかります。鬼塚様。私が飛龍の実弟にして、このたび一連の首謀者・李桃李にございます」

「まずは火を消せ。話にならない」

「ご心配は無用です。そちらまで火は届きません。これは裁きの火。罪人のみを地獄へ送る炎です」

桃李がすでに決死であることは、誰の目にも明らかだった。

「景虎の名で行われた悪行の数々――それはすべて私が指示をしたこと。飛龍の実弟という立場や権力を振るい行ったこと。しかし、それらが失敗に終わった今、私に残されているのは自身の愚拙さを恥じて、罰することのみです」

手にしたキャンドルの炎がひとたび灯油が染みた衣類に移れば、桃李の全身は業火に包まれる。

「どうか、これを私からの落とし前と思い、そのまま見届けてください」

「やめろ、桃李!!　馬鹿な真似はよせ」

荒屋敷が鬼塚を押しのけてまで叫んだのは、それがどれほどの苦痛かを知るからだ。

こうしている今でさえ、記憶に刻み込まれた恐怖が身体から、その独眼から湧き起こる。

「桃李様。策に荷担した我々一同もお供いたします」

そうするうちに、灯油の入った容器を持った王や側近たちが、桃李の傍へと歩み寄る。

「やめろ、王。お前が止めなくてどうするんだ‼」

「そのような立場にはございません」

桃李が自らに火を放った瞬間、彼らも共に焼かれようというのだろう。

「勝手なことを言うな」

これは彼らが初めから持っていた覚悟――大事を起こすと決めたときの代償と誓い。

誰一人迷いがないことに、鬼塚はかえってこの場の収拾に神経を張り詰めた。

鬼塚の側近たち、松坂、荒屋敷にしてもそれは同じだ。

「勝手…。本当に、すべてがその一言に尽きるな桃李」

すると、そんな緊張の中に、まるで溶け込むように入ってきた男がいた。

「飛龍！」

幽閉からやっと解かれ、ようやく姿を見せることが叶った李家の龍頭・李飛龍だ。

「ここまでの大事を起こしておいて、お前たちの命だけでことが収まると思っているのか？　私が鬼塚から信じられ、助けられて、それですべてが解決するのだと考えていたなら、こんなに愚かなことはないぞ」

肩を覆うほどの長い黒髪からは艶が失せ、かなり痩せ窶《やつ》れたことが一目でわかった。

それでも生来の瞳の輝きが失せることはなく、その声や言葉から覇気が漲ることはあっても、損なわれることはない。

彼は確かにこの屋敷の主であり、一族の龍頭だ。

「飛龍…兄様」

桃李の手が、自然と震えた。

この八ヶ月――会いたくて、会いたくて、会いたくて。

誰より会いたい、傍に行きたいと願いながらも叶わなかった兄の存在に、心が揺らぐ。

「許せ、桃李。愚かなのは私だ。そもそもこんなことをせざるを得ないほどお前たちを追い込んでしまった、この李飛龍だ。お前たちが何人死んだところで、私自身の罪は償えるものではない。私の罪は、私自身にしか償えない」

飛龍は、もっとも近くにいた側近の一人から灯油の入った容器を奪うと、自らも全身に浴びて桃李の傍へと歩み寄った。

「その裁きの火、それで罪が償えるというなら、まずは私から償おう。そして一秒でも早く景虎のもとへ行こう」

誰もが固唾を呑んで見守ると同時に、一瞬のチャンスを狙っていた。

これ以上の犠牲を求めていないのは、鬼塚も側近たちも変わらない。

俵藤を亡くしたことへの復讐心が李家に対して薄れた今、もっとも求めているは龍頭の死ではない。すべての真実と真相が明かされることだ。

「さ、桃李。それを私に」

すると、そんな鬼塚に「あとは頼む」と願った飛龍が、桃李の持つキャンドルに手を伸ばした。

「いやっ！　駄目っ、飛龍っ!!」

奪った炎が飛龍の手により、高々と上げられ、桃李の身から最大限に離される。

「押さえろ！」

「はい」

鬼塚が命令を発したと同時に動いたことで、桃李は荒屋敷と松坂に押さえられ、王をはじめとする側近たちは他の二人に「もういい」と押さえられた。

そして、飛龍の手に持たれたキャンドルは鬼塚に手渡され、彼の一息で吹き消される。

「なっ――――いやっ!!　放してっ!!」

桃李は、まるで唯一の救いを消されたような思いで、拘束から逃れようとした。

「後生ですっ、どうか後生ですから、私を景虎のもとへ!!」

今となっては、それしか言葉も出てこない。

もっとも無念の死を遂げたであろう景虎を思うと、桃李には死に急ぐことしか浮かばない。

しかし、桃李が二人を振り切り、鬼塚に縋ったときだった。

「勘違いをするな、李桃李！」

「っ!!」

容赦のない平手がその頬を打った。

一切手加減のないそれは、いとも簡単に桃李の身体をその場に倒す。

「俺はここまで話し合いに来たんであって、お前の黒焦げの遺体を眺めに来たわけじゃない。ましてや飛龍を助けに来たんであって、お前と一緒に死なれた日には、俺はなんのために俵藤さんを失ったんだってことになる。わかってるのか、そこのところを」

これまでどれほど煮え湯を飲んだかわからない鬼塚からの激昂が飛ぶ。

「どんな理由や事情があったにせよ、罪を犯せば罰を受ける。だからこそ、お前たちには受けてもらわなければならない罰が山ほどある。償いもあるんだ。それを放棄し、この上まだ俺におんぶに抱っこをする気か⁉　尻拭いをさせるのか⁉　死んでお詫びをなんて、この俺に通じると思ってるのか！　だったら、ことを起こす前に一家心中しちまえ、一番他人に迷惑がかからない‼」

どうしてこんなことになる前に、なんの相談もなかったのか。

理由はわからないが、李家で何かが起こったから、こんな事態になっている。それだけは察しがつくことから、鬼塚は飛龍に頼りにされなかった自分にも腹が立って仕方がなかった。

桃李が、景虎や王が、こんな選択しかできないような付き合いしかしてこないで、信じ合える友だと思い続けていた自分も許せなかった。

「お前が、お前たちが、こんなことをしたのはおそらく飛龍を生かすため、李家を残すためなんだろうことは、想像がつく。だがな、だったらその気持ちをここからも生かせ。生かしてもらわなければ、こっちが困る。俺は磐田会だけで手いっぱいだ。この上残された李家の面倒までみられるか。株は押さえたところで、俺はホテル経営なんてする気はない」

だが、だからこそ、鬼塚は今日こそすべてを明らかにした上で、本当の解決がなんであるのか

を探したかった。

そうすることでしか、自分も命を落とした俵藤に報えない。自分の半端な情が招いただろう悲劇を戒められない。

「それに、俺が戦い、打倒を目指してきたのは李景虎であって、李桃李ではない。景虎がすでに滅している今、俺は他の者にまで命で償えとは言わない。これはおそらく、俵藤さんでも言わないだろう」

鬼塚にとって、桃李に与えた痛みは、自分に向けた痛みでもあった。

「っ…っ、ぁぁっつっ」

泣き崩れるしかない桃李に対し、「力になれなくてすまなかった」と膝を折りたいほどの衝動が起こったが、これもまた余計な甘さだろうと思え、鬼塚は荒屋敷に視線をやるにとどめた。

あとは任せると合図し、身を引いた。

「桃李」

ただ、こんな鬼塚の対応は、桃李を愛する者にとっては、これ以上にない温情だった。

この場で桃李に触れ、抱き起こすことが許された。これがどれほどありがたいことか、誰かを一度でも本気で愛したことがある者なら、共感できる。

「凱克――――せめて、せめて凱克の苦しみを知りながら逝きたかった」

荒屋敷に抱き起こされると、桃李はなぜここで焼死を選んだのか口にした。

「馬鹿言うな」

「ごめんなさい…っ。許してなんて、言わない。一生、許さないで。ごめんなさい」

苦しみ、もがき、決死の覚悟で過ごしたこの八ヶ月。それでも最期の一瞬に、桃李は荒屋敷を好きになったことだけは感じて逝きたかったのだろう。

決して結ばれるはずがない男に恋をした。

そんな自分を、完全には捨てきれなくて、傍に立つ飛龍を少しだけ寂しくさせた。

「いろいろ、いろいろ本当にすまなかった、鬼塚。謝ってすむことではないのはわかっている。私は、これからどんな償いをすればいいだろうか？　お前たち磐田会に。そして日本に」

自分の腕ではなく、荒屋敷という男の腕の中で懺悔する桃李に、飛龍はこの八ヶ月のうちに、想像できないほど周りが変わっていることを実感した。

「――――それは、これから話し合おう。そのために俺はここまで来た。こいつらもな」

「鬼塚…」

それでも変わることがなかったのは、鬼塚からの友情。むしろそれは強まったようにも感じられた。

「それより飛龍。先に一つだけ聞いていいか？」

「何をだ」

しかし、そんな鬼塚は気持ちも新たに視線をすでに別の者へとやっていた。

「劉翔英って奴は、いったい何者だ？」

飛龍は、久しく聞いたその名前に、今は苦笑しか浮かばなかった。

エピローグ

　桃李を外した側近たちと飛龍は、その後数時間をかけて、鬼塚たちにこれまでの経緯や真相を明かした。

　結局苦しむ必要のない人間を苦しめ、奪われる必要のない人間の命が奪われた根源がどこにあったのかと探れば、それは劉翔英を操っているだろう高級官僚の男に絞られる。

「なんだと？　逮捕された？」

「はい。たった今ニュースで」

　だが、ここが標的かと思った男は、鬼塚たちが空港を出たときには逮捕されていたことが会議中に明らかになった。それも麻薬不法所持の現行犯。アタッシュケースに仕込まれた麻薬が原因だと知り、鬼塚は翔英が陥れたことを悟ると、ますます今後に緊張感を覚えた。

〝じゃあ、いずれまたどこかでかかわることもあるだろうが、今日のところはこれで〟

　翔英の言葉を予告、宣戦布告と取るなら、これからが本当の戦いなのだろうか？　と。

　しかし、今は翔英を警戒しながらも、先にやらなければならないことがある。決めなければならないこともあり、翔英への対応は後日改めて検討となった。

　そして会議終了後――――。

　荒屋敷は自室で謹慎を言い渡されていた桃李に、今回鬼塚が下した判決とも言える処分を言付けた。

「今日からお前は李桃李でもなければ、朱桃李でもない。荒屋敷桃李だ」

「どういうことでしょうか」

「総長が決めたお前への最大の罰だ。李家の龍頭の血を継ぐ者、飛龍の実弟であるという権利の剝奪。これでお前は二度と同じ真似はできない。ついでに言うなら、日本へ島流しだ。総長がいと言うまで二度と故郷には帰れない。この地には、戻ってこられないということだ」

それは桃李にとって、これ以上ないほど酷だが、同じほど情状酌量が込められた処罰だった。

「…っ、それは、どんな…お情け…なのでしょうか」

「取ってつけた言いがかりともいうな」

「凱克…っ」

もちろん、鬼塚がこんな判決を下したのは、俵藤・松坂を陰から支え続けてきた荒屋敷の存在が大きい。

松坂が、今後は自分も二人を見守っていくからと進言したことも大きい。

それより何より、桃李自身が本気で荒屋敷を愛していたこと、出会いはともかく、その思いに偽りがないことを王が助言したことで、飛龍の衝撃がそうとう大きかったことを見越して、いっそ――――と思っただろうことも大きい。

「景虎に感謝するんだな、桃李。今回、総長が立場をなくすことなく、寛大になれたのは、一番大変だろうと思っていたこの地の正常化に、さほど時間がかからないとわかったからだ」

「どういう…ことでしょうか」

だが、それでも鬼塚が下した判決に、側近たちが誰一人意義を唱えなかったのは、荒屋敷がこだわり続けたデッドゾーンの秘密にあった。

「ようやく、これの意味がわかったってことだ。景虎は、すべてが片づいたときに、もっとも大きな障害がどこに残るのかを危惧して、こんなことをしたんだろう」

あらゆる方向から話を合わせて真相に迫った結果、これがこの粗末な媚薬ができた理由だろうと推理した荒屋敷に、誰もが賛同したからだ。

「糖質で量増しされたことで、効力を半減されたデッドゾーン。こいつは、お前が思っているほど悪魔な薬じゃない。正規品よりは効果がはっきり出るっていうだけの媚薬だ。指定された分量を守りさえすれば、依存性もないに等しい。依存が現れたとしても、そこは本人の性欲の度合いの問題だ。それぐらい、こいつは従来のデッドゾーンと違って粗末とも良薬とも言えないものにでき上がっている。摩訶不思議なものになっているってことだ」

だからといって、景虎がどういう経緯で混ぜるものを決めたのかはわからない。

自身で実験でもしたのか、それとも適当が生んだ産物なのか、これればかりは本人以外わからないと王にも言われてしまい、永遠に謎だ。

「だが、そのおかげで、こいつをこの土地から自然消滅させるのは難しくない。強烈な依存者が多くいなければ、次に危険を冒してまで、こいつを中国から持ち込む者は出ないだろう。なにせ、見つかったら最後って国だからな、ここは」

「――そうですか」

それでも、景虎の地元への思い、そして李一族としての誇りが、こんな形を生んだのは確かだろう。最初にデッドゾーンを手にし、ルートを作って流すことを選択せざるを得なかった桃李の罪を少しでも軽くしようとして、苦肉の策に出た結果がこうだったことも考えられる。

「とにかく、お前はこれから俺のものだ。言ったとおり、俺はお前を攫っていく。好きなところへ連れて行く」

荒屋敷は、だからといって桃李が心から笑える日が、すぐに来るとは思っていなかった。

どんなに償いの日々に徹したとしても、桃李自身が自分を許せる日が来るのかどうかは、正直わからなかった。

「ただし、それはお前を楽にするためじゃない。こんなことでお前の中から罪の意識が消えるとも思っていない。だが、だからこそ、これからお前にも手伝ってもらう。李家の修復と地上げした土地の売り戻し。俺と一緒に、鬼塚総長や磐田会の助けになれるよう、命懸けでな」

ただ、それでも荒屋敷は桃李を傍から放すまいと決めていた。

「はい…」

いつか心から笑顔が浮かぶよう、そして自身の幸せにも目が向けられるように、愛していこうと決めていた。

おしまい♡

こんにちは。「極」シリーズもとうとう四冊目になりました。これも手にしてくださった皆様や藤井《ふじい》先生や、担当さん、そして校正さんやデザイナーさんをはじめとする多くの方のおかげです。ありがとうございます。本当に感謝でいっぱいです。嬉しい!!（涙）。

さて、今回はシリーズ初の海外編です。新キャラもたくさん出てきていましたが、前三冊と照らし合わせて読んでいただけると、話が表裏からわかるかな…という作りにしてみました。さすがにいつまでも隠しておくわけにはいかないので飛龍《フェイロン》も登場。やっとかって感じです。とはいえ、くせ者キャラも出てきているので、今後の展開は謎です。発刊予定も謎なのでなんとも言えませんが（汗）。それでも一回ぐらいは「読み切り番外編」とか許してもらえそうな気配なので、〝女偏〟から離れた極・漢の話も書いてみたいな～なんて思ってます。なので、この先も優しく見守っていただけたら幸いです。最新執筆情報はＨＰやブログをチェックしてね☆

ちなみに、本文中の貨幣を〝円〟で説明したのは〝ニュー台湾ドル〟に馴染みがなかったからです。ごめんなさい――――懺悔（泣）。

http://www.h2.dion.ne.jp/~yuki-h/　日向唯稀《ひゅうがゆき》♡

CROSS NOVELS既刊好評発売中

じゃじゃ馬お嬢に、お仕置きだ

「箱入り極道」の入慧は、まだまだお嬢呼ばわりで……？

極・嬢

日向唯稀　　Illust 藤井咲耶

「まだまだ姐というより、お嬢だな」

磐田会先代総長の息子でありながら、現総長・鬼塚を愛し、愛されて、姐として生きることを決めた入慧。だが、箱入り育ちゆえに周囲からは、お嬢扱いされてしまう始末。せめて刺青を入れて姐らしくなりたいと願うも、幼かった入慧をずっと守り続けてきた鬼塚は、決してそれを許さなかった。しかし、自身の不注意から大切な人達に取り返しのつかない傷を負わせてしまった入慧は、鬼塚の逆鱗に触れ、その胸に消えることのない所有の証を刻まれてしまい──。

CROSS NOVELS既刊好評発売中

借金は身体で返す、これがBLの王道だろ?

ぷるぷる小鹿《バンビ》、鬼龍院《鬼畜ドラゴン》に食べられる??

艶帝 -キングオブマネーの憂鬱-

日向唯稀

Illust 藤井咲耶

友人がヤクザからした借金を帳消しにしてもらう為、事務所を訪れた小鹿が間違えて直撃した相手は、極道も泣き伏す闇金融の頭取・鬼龍院!? 慌てる小鹿に、鬼龍院は一夜の契約を持ちかけてきた。一晩抱かれれば三千万——断る術のない小鹿は、鬼龍院に求められるまま抱かれる様子をカメラで撮られることに。経験のない無垢な身体を弄られ、男を悦ばせる為の奉仕を強要される小鹿。激しく貪られ啼かされながらも、なぜか小鹿は、鬼龍院を嫌いになれなくて。

CROSS NOVELSをお買い上げいただき
ありがとうございます。
この本を読んだご意見・ご感想をお寄せください。
〒110-8625
東京都台東区東上野2-8-7　笠倉出版社
CROSS NOVELS 編集部
「日向唯稀先生」係／「藤井咲耶先生」係

CROSS NOVELS

極・婬

著者
日向唯稀

2012年2月23日　初版発行　検印廃止

発行者　笠倉嗣仁
発行所　株式会社　笠倉出版社
〒110-8625　東京都台東区東上野2-8-7　笠倉ビル
[営業]ＴＥＬ　03-3847-1155
ＦＡＸ　03-3847-1154
[編集]ＴＥＬ　03-5828-1234
ＦＡＸ　03-5828-8666
http://www.kasakura.co.jp/
振替口座　00130-9-75686
印刷　株式会社　光邦
装丁　團夢見(imagejack)
ISBN　978-4-7730-8595-2
Printed in Japan

CROSS NOVELS